L'étalon mystique

Tome 1 : La découverte

DI ANNA

Table des matières

PROLOGUE

Un an auparavant

Je cours sur ce sentier boueux, mes pieds dérapent sur les cailloux glissants. Il faut que je trouve une maison, pour pouvoir avertir les miens avant qu'il ne soit trop tard. J'aperçois une lumière en haut de la colline, j'accélère mon allure, car je les sens se rapprocher dangereusement de moi. Je frappe à la grande porte en bois et une femme aux cheveux blancs m'ouvre. Elle est effrayée ; après, je la comprends, ouvrir la porte et se retrouver nez à nez avec un homme nu, cela peut faire peur. Je n'ai pas le temps de lui expliquer la situation donc je l'assomme et l'enferme pour sa propre sécurité dans la cave. Je prends ce qui lui sert de téléphone et compose le numéro suivi de mon code perso. Une sonnerie retentit et une voix me répond :

— Allo ! ! Qu'est-ce qu'il se passe, Christian ?
— Je suis dans la merde, j'ai besoin de tout te raconter avant de disparaitre. Ils m'ont retrouvé ! !
— Ne bouge pas, je viens de te repérer, une équipe arrive.
— C'est trop tard, ils arrivent. Ils sont nombreux et trop puissants. Leur chef est un démon qui emprunte le corps des humains. Ils sont toute une famille et une meute de loups les accompagne.

— Barricade-toi, il leur faut vingt minutes pour te rejoindre.

— Laisse-tomber, Enzo, c'est trop tard pour moi. Par contre, protège mon fils de ces monstres et dis à ma femme que je l'ai aimée jusqu'à la dernière seconde.

— On arrive, tiens bon.

La ligne se coupe, ils sont là. Je me prépare au combat même si je sais que je n'ai aucune chance. Je me battrais jusqu'au bout. Ma mutation est rapide, malgré mes blessures. La porte explose et le démon franchit le seuil suivi par ses acolytes. Ils ont un sourire crispé sur le visage, cependant ils avancent fièrement. Les loups me sautent dessus, ils essaient de m'atteindre à la gorge, mais je me protège au maximum. Je leur balance des coups de sabot, mais rien n'y fait, je gagne juste un peu de temps. Le combat dure un moment jusqu'à ce que le démon n'intervienne et me bloque contre le mur en m'obligeant à redevenir humain. Je suis plus vulnérable dans cette posture et il le sait. Il serre ma gorge, je sens que c'est la fin, je vais mourir. J'utilise toute l'énergie qu'il me reste pour essayer de contacter mon fils.

« Je t'aime mon fils, prends soin de ta mère... »

La meute de loups d'Italie

CHAPITRE 1

<u>Nolan</u>

Je me réveille en sursaut, encore ce rêve que je fais depuis la mort de mon père. Je suis en sueur, il me parait si réel à chaque fois. Je me lève et sens les odeurs du petit-déjeuner. Je me douche, m'habille et descends rejoindre ma mère dans la cuisine.

— Bonjour, m'man. Bien dormi ?

Je lui embrasse le front et pars en direction du frigo.

— Salut, Nolan. Oui et toi, mon cœur ?
—Ne m'appelle pas comme cela, je n'ai plus quatre ans.

Je m'appelle Nolan, je viens d'un petit village de la région Auvergne-Rhône-Alpes. Nous sommes entourés de grandes plaines et collines, mais aussi d'une grande forêt, avec son lac attenant. Je vis avec ma mère Suzanne, qui est patronne d'un centre équestre où une trentaine de chevaux sont entrainés, pansés et soignés, tous les jours. Nous vivons tous les deux, dans cet immense domaine, depuis la mort de mon père, il y a un an. Il nous a quittés des suites d'une maladie grave. Ma mère était une femme forte et très belle en sa présence, maintenant elle n'est plus que l'ombre d'elle-même. Elle se renferme, ne parle plus à personne ou très peu, depuis ce jour tragique.

J'ai passé les grandes vacances seul dans cette écurie que je ne peux plus voir, même en photo. Elle me rappelle trop de souvenirs avec mon père. Ma mère veut la vendre, car elle n'arrive plus à gérer seule la paperasse et les chevaux. Nous avons embauché un jeune palefrenier pour l'été, ce qui lui a permis de souffler, mais tout le reste de l'année nous sommes seuls. Je vais avoir seize ans et je rentre en seconde pour la deuxième fois. Et oui, j'ai redoublé, du coup, je ne vais plus pouvoir rester autant qu'avant aux écuries. Ma mère veut que cette année soit la bonne et que je bosse plus sur mes cours.

C'est mon dernier week-end avant la rentrée, il est dix heures, maman est attablée devant une tasse de café fumante et un journal. Mon anniversaire est demain, je ne sais pas si elle a prévu quelque chose pour moi. Elle tape dans ses mains pour capter mon attention et me parle :

— Tant que tu vivras dans cette maison, tu seras mon petit cœur. Assieds-toi, je voudrais te parler d'une chose qui me chagrine. J'ai réfléchi, tu vas être moins souvent à la maison, je vais avoir besoin de quelqu'un en permanence au club pour m'aider. Je souhaiterais embaucher quelqu'un, regarde, je viens de tomber sur cette annonce.

Je me penche sur son ordinateur portable et lis l'annonce vaguement :

" Recherche travail dans un centre équestre, très grande expérience avec les chevaux. Si possible, hébergement sur place pour ma fille de quinze ans et moi-même."

— Alors tu en penses quoi, il a l'air sérieux ?

— Euh, je ne...

— Bon, en fait, j'ai pris les devants, ils viennent passer le week-end avec nous pour voir. Je veux que tu restes à la maison pour les recevoir.

Je fulmine intérieurement, elle n'a même pas pensé à mon anniversaire, juste à elle. Depuis la mort de mon père tout a changé entre nous, elle était une mère aimante, limite pot de colle et maintenant, je n'existe plus à ses yeux. Je lui laisse du temps pour encaisser sa mort, néanmoins, je souffre aussi, il me manque énormément. Je me redresse, mords dans ma tartine beurrée, lui fais un signe de tête et claque la porte d'entrée. Je vais courir, cela me fera du bien. Depuis quelques jours, lorsque je me promène dans la nature, j'ai l'impression que mes sens sont plus aiguisés. Mon odorat est plus développé, je cours plus vite, j'entends mieux les bruits des animaux de la forêt. Toutefois, ce qui m'inquiète le plus, ce sont les crampes que j'ai, et qui sont de plus en plus fortes après chaque course.

Alors que j'observe mon domaine d'en haut de la colline, je sens une brise légère dans mes cheveux qui me ramène au premier jour où je suis monté à cheval avec mon père. Nous chevauchions ces grandes plaines multicolores avec toutes ces odeurs de fleurs. Pour ensuite, galoper dans cette forêt immense dont la cime des arbres touche presque les nuages. Et pour finir, nous laissions les chevaux s'abreuver dans ce lac aux allures paradisiaques. Je secoue la tête et reviens au présent. Du côté Est, on peut apercevoir la forêt qui fait environ deux hectares et en face de moi, le haras avec notre immense maison en bois. À côté, se trouvent les boxes avec nos chevaux. Un peu plus loin, une petite maison d'environ quatre-vingts mètres carré, sert à accueillir le personnel durant les étés. Et à l'Ouest, on distingue un cours d'eau qui se jette dans un grand lac. Ce panorama est magnifique, pourtant, je préfère la vue en hiver quand tout est blanc et que le lac fait office de patinoire.

J'aperçois une voiture qui se gare en face de la maison, je peux tout distinguer sans me faire voir d'où je suis. Une jeune fille et son père en sortent, j'observe la scène et me rends compte que ma vue est extra. J'arrive à repérer tous les petits détails qui recouvrent les vêtements de cette jeune fille. Je ne la connais pas, elle a les cheveux châtain clair, lisses, un visage fin et long, une bouche rose et pulpeuse, elle a du gloss sur les lèvres. De jolis yeux vert émeraude, avec une lueur de gris autour de la pupille, me fixent. Non, elle ne peut pas me voir, c'est mon imagination qui me joue des tours. Je continue de l'observer quand elle me fait un signe de la main. Je me baisse, honteux de l'avoir fixée comme cela. Elle m'a repéré, je reste stupéfait.

Tout à coup, une crampe me fait basculer au sol. J'ai l'impression que l'on me broie de l'intérieur. Je ne peux plus bouger, la douleur est atroce. Je sens mes os craquer, des larmes coulent sur mes joues tellement je souffre. La douleur cesse comme elle est venue. J'essaie de me redresser... Ils ne sont plus là. Ma mère a dû les faire entrer. Je décide de revenir à la maison pour les accueillir, moi aussi. Je mets moins de temps pour arriver jusqu'à la maison que pour en partir. Je crois qu'il y a un souci avec mon corps, cependant, je ne veux pas inquiéter ma mère. Je trouve qu'il est beaucoup plus musclé qu'avant les vacances, en n'ayant pratiqué aucun sport, autre que la course. Toutes mes fringues ne me vont plus, je pensais que ma mère m'aurait emmené en ville pour le jour J, mais non. Je vais devoir me coltiner cet homme et sa fille tout le week-end, merci maman.

J'ouvre la porte, j'entends du bruit provenant de la cuisine. Je franchis le seuil de celle-ci et bloque sur ce regard vert qui m'hypnotise. Je ne peux plus bouger, mes sens sont en alerte, qu'est-ce qu'il m'arrive ? Ma mère me parle, mais je ne l'entends pas. Elle me met une tape dans le dos et la connexion avec cette fille se coupe. Je me tiens au bord de la table pour éviter de tomber et leur lance un bonjour comme si rien ne s'était passé.

— Ça va, Nolan ? Tu fais une drôle de tête.
— Oui, ça va maman. Ne t'inquiète pas.
— Je te présente monsieur Donovan et sa fille, Léa.
— Bonjour, Nolan.

Monsieur Donovan me tend sa main que je serre énergiquement. Il grince des dents. J'ai dû serrer trop fort, encore une chose que j'ai du mal à maitriser depuis deux jours. Je lui envoie un désolé et me retourne vers sa fille qui m'observe.

Je lui tends la main et elle se penche vers moi pour me faire la bise. Je sens son parfum qui me fait presque chavirer, elle sent la pomme et la cannelle. Elle remarque que je suis en train de la sentir, elle recule, lève le bras discrètement et se renifle. Je suis tétanisé, je n'ai jamais ressenti cela, c'est étrange. J'ai envie de me blottir dans ses bras pour sentir son odeur sucrée, qui m'attire. Il faut que je m'éloigne d'elle.

— Je vais dans ma chambre, M'man.
— Nolan, non, j'aimerais que tu leur montres les écuries ainsi que tout le domaine. Je dois aller en ville pour mon rendez-vous à la banque.
— Je vois que tu as tout prévu et que je n'ai pas mon mot à dire...

Ma mère s'approche de moi, me fait une bise et part en direction de la porte d'entrée.

— Bonne journée, je reviens vers dix-huit heures, mon fils va tout vous montrer et si c'est bon pour vous, la maison est prête à vous accueillir tous les deux.

Elle claque la porte, j'entends la portière et la voiture qui démarre. Je suis en colère qu'elle fasse toujours comme elle l'entend. Une main se pose sur mon épaule et ma rage s'évapore. Je me retourne et vois Léa qui me sourit.

— Suivez-moi, la propriété est grande, on en a pour la journée.

Je passe devant eux et sors dans la cour, ils me suivent de près.

<u>Léa</u>

Mon père passe devant moi et suit Nolan. Je pense qu'il a senti, comme moi, cette sensation étrange qui émanait de ce jeune homme. Il me protège en faisant bouclier de son corps. Nolan m'intrigue, je me sens toute chose en sa présence. Je ne comprends pas ce qu'il se passe. Il se retourne et m'observe de ses beaux yeux bleu azur. Il est tellement beau et sauvage, j'ai envie de me blottir dans ses bras. Il doit faire beaucoup de sport avec ce corps d'athlète. Nous visitons tout le haras et il nous abandonne devant notre futur foyer, qui est grandiose. Une fois parti, mon père m'interroge sur ce qu'il vient de se passer. Cependant, je n'ai pas envie de lui expliquer mon ressenti envers Nolan.

CHAPITRE 2

<u>Nolan</u>

J'ai passé toute la journée à leur faire visiter le domaine. Nous avons commencé, à pied, par les structures qui accueillent les chevaux ainsi que les entrepôts. Je leur ai montré la maison des employés qui sera la leur pendant un certain temps. Nous sommes montés à cheval pour la suite de la visite. Nous avons fait une pause près du lac pour déjeuner et je leur ai montré toute l'étendue de notre territoire. Monsieur Donovan est très intéressé par le job. Il trouve que notre centre a beaucoup de possibilités qui pourraient faire fructifier nos finances. Il voudrait augmenter le nombre d'heures de cours, proposer des balades, mais aussi ajouter des compétitions. Il veut faire des annonces dans le journal, ainsi que de la pub à la radio. Néanmoins, tout cela a un cout et nous ne roulons pas sur l'or. Je les ai raccompagnés à la maison grise où ils vont séjourner et je les ai abandonnés devant. J'ai fait mon job, pour le reste, ils sont capables de se débrouiller sans moi. Je trouve que tout va très vite, monsieur Donovan ne m'inspire pas confiance. Après cette journée épuisante physiquement et mentalement, je décide d'aller me rafraichir. Je pars en direction du lac avec ma serviette, je passe devant la maison des Donovan et sens quelqu'un qui m'observe.

Je lève les yeux vers la fenêtre de la chambre, à l'étage et vois Léa qui me suit du regard. Elle est tellement belle et enivrante, mais je baisse mon regard et continue mon chemin, en l'ignorant. J'arrive au lac, me déshabille et plonge du ponton. Je nage jusqu'au milieu du lac alors qu'une nouvelle crampe me saisit. C'est horrible, je ne peux plus bouger, je suis paralysé, je coule et n'arrive plus à remonter. Je coupe ma respiration en attendant que cela passe, mais la douleur est insupportable, je lâche tout l'air que j'ai gardé dans la bouche. Je ne peux plus respirer, mes yeux commencent à se fermer tout doucement et je continue de couler. Je pense à ma mère qui va se retrouver toute seule et le trou noir...

<u>Léa</u>

Quinze minutes plus tôt.

Je ne comprends pas ce qu'il m'arrive en sa présence, j'ai du mal à le lâcher du regard. Il m'intrigue, il est très beau, grand, musclé, et il a des yeux d'un bleu hypnotique. Il m'a ensorcelée, je ne vois que cette solution. Un picotement dans la nuque me fait regarder par la fenêtre, il est là, à m'observer. J'ai un mauvais pressentiment, je décide de le suivre sans qu'il ne me voie jusqu'au lac. Il se déshabille et saute dans l'eau. Son corps rayonne. Il nage très vite et arrive au milieu du lac. Je me rapproche, cependant, je ne le vois plus au-dessus de la surface. J'attends un petit peu et perçois une douleur vive au creux de mon estomac.

Cela me brule, je frotte mon ventre pour l'atténuer, mais rien n'y fait, elle augmente. Je ne le vois toujours pas remonter. Il faut que je l'aide, il doit y avoir un souci. Je fais appel à mon don de télékinésie et pousse son corps à remonter à la surface. J'essaie de lui parler par télépathie, mais il parait inconscient. Je le dépose au bord du lac et cours vers lui. Je cherche son pouls et écoute s'il respire, rien... Je commence à lui faire du bouche à bouche comme on nous l'a appris à l'école et attaque le massage cardiaque. Au bout d'un court instant, il se met à recracher l'eau qu'il avait dans ses poumons et à revenir à lui. Il me regarde avec ses grands yeux apeurés et me chuchote :

— Comment as-tu fait pour me sortir de l'eau ?

— Je nageais près de toi et j'ai vu que tu ne remontais pas à la surface, donc je suis venue à ton secours. Un merci aurait suffi.

— Ouais, tu nageais !?

Il me regarde bizarrement et toussote un peu.

— Tu nageais tout habillée et tes vêtements sont secs ! Ça fait combien de temps que j'ai perdu connaissance ? Car je ne comprends plus rien.

— Tu as dû prendre un coup sur la tête. J'ai eu le temps de remettre mes vêtements pendant que tu revenais à toi.

Il me sourit sans vraiment croire à ma version et me remercie en se redressant.

— J'ai eu l'impression de t'entendre me parler dans ma tête, le coup à dû être fort.

— Oui, je pense. Le principal, c'est que tu ailles bien, maintenant.

— Oui, si tu le dis.

Mon père arrive à mes côtés tout inquiet, avec sa mère.

— Tout va bien, les enfants ? Que s'est-il passé ?

— Ça va mon chéri, tu n'as rien ?

— Ça va maman, je vais bien, grâce à Léa.

Je l'aide à se relever et mon père passe son bras sous le sien pour marcher jusqu'à leur maison. J'ai eu très peur pour lui, mon père m'observe, pas très fier de moi, il sait que je me suis servie de mes pouvoirs alors qu'il me l'avait interdit. Je n'avais pas le choix, je ne pouvais pas le laisser mourir. Il le monte dans sa chambre et moi, je pars dans la cuisine pour aider sa mère à préparer le repas.

J'essaie d'écouter la conversation de mon père avec Nolan, toutefois, sa mère m'interrompt dans ma concentration pour me poser des questions sur ce qu'il s'est passé au lac.

<u>Nolan</u>

J'ai bien cru que j'allais mourir aujourd'hui, dans le lac. Je suis très bon nageur, cependant, je ne peux plus me permettre d'aller nager seul tant que j'ai ces crampes et ces migraines. Léa m'a sauvé la vie, sans elle, je ne serais plus de ce monde. Son père m'interroge sur ce dont je me souviens, il insiste beaucoup, je trouve, je l'envoie balader gentiment et pars me doucher ainsi que m'habiller pour le diner. Nous mangeons tous les quatre la salade niçoise que maman et Léa ont préparée. Je suis barbouillé et très fatigué. J'ai envie d'aller me coucher. Je m'excuse et monte dans ma chambre. Je m'allonge et sombre dans les ténèbres.

J'ouvre les yeux, me redresse et ressens toutes les courbatures douloureuses. Soudain, je perçois une musique provenant du rez-de-chaussée. Je me lève et m'habille, c'est mon anniversaire aujourd'hui, le premier sans mon père. Ma mère a surement oublié et de toute façon, je ne suis pas d'humeur à le fêter. Je ne suis pas en pleine forme. La noyade d'hier m'a mis hors service. Je descends les escaliers et vois l'heure sur la pendule, il est déjà midi. Mince alors, j'ai dormi beaucoup sans avoir vraiment récupéré. Ma mère est dans la cuisine, elle prépare le repas. Une odeur de pomme cannelle se dégage du four, je l'ouvre, une tarte aux pommes est en train de cuire.

— Bonjour maman, ça sent bon.

— Bonjour mon chéri, tu as bien dormi ? Je n'ai pas voulu te réveiller, tu avais l'air tellement fatigué, hier soir. J'ai invité Léa et son père à manger avec nous ce midi. Et au fait, il a accepté le poste. Tu pourras passer plus de temps sur tes devoirs qu'avec les chevaux.

— Ouais, je trouve que cette histoire va un peu vite ? Je ne lui fais pas confiance, il nous cache quelque chose.

— Nolan, s'il te plait, ne fait pas d'esclandre et accepte, pour une fois, que l'on veuille bien nous aider sans arrière-pensée.

— Ouais.... Si tu le dis.

Elle me fait un clin d'œil et repart à ses fourneaux en chantonnant. Je la trouve différente, aujourd'hui. Je prends un verre d'eau fraiche et pars dans le salon. J'allume la télé et plane devant les clips.

J'entends taper à la porte, ma mère me demande d'aller ouvrir. Je me lève et ressens une décharge électrique dans la nuque, c'est très désagréable. J'ouvre et tombe nez à nez avec Léa, qui me fait un coucou de la main. Elle se faufile entre le mur et moi et me touche le bras sans le vouloir. Des frissons remontent tout le long de mon corps. Elle me sourit et part dans la cuisine, son père me tend la main en m'avertissant des yeux d'aller doucement. Je me contrôle et le laisse passer pour rejoindre la cuisine. Je suis positionné dans l'embrasure de la porte quand ils se mettent à chanter « joyeux anniversaire ». Ma mère ne m'a pas oublié et la tarte, c'est pour l'occasion. Elle me prend dans ses bras et me fait un câlin. Je la regarde et elle pleure.

— Joyeux anniversaire mon chéri, tu pensais vraiment que je pouvais oublier ton anniversaire ! ! ! Cette année a été très difficile, mais on va remonter la pente, tu verras.

Elle m'embrasse et me relâche pour me jeter dans les bras de Léa.

— Joyeux anniversaire Nolan. Si tu n'aimes pas, tu peux changer. C'est de notre part à mon père et moi.

Elle me tend une petite boite rouge, je la regarde éberlué, choqué qu'ils m'aient acheté un cadeau. Elle me fait un signe de la tête pour que je l'ouvre. J'arrache le papier cadeau et un collier en argent s'y trouve avec un médaillon en forme de lune. Elle me précise que c'est pour éloigner le mal. Je n'y crois pas une seconde, toutefois, il est très joli. Elle me l'attache autour du cou et repart à sa place. Je les remercie et ma mère en profite pour me tendre un gros paquet. Je l'ouvre et découvre pleins de vêtements à ma taille.

— Merci maman, c'est top.
— Tu as bien changé en deux mois et j'ai remarqué que tes vêtements étaient trop petits pour toi. Par contre, il va falloir arrêter de grandir maintenant. Tu es immense.

Ils se marrent tous et je les suis. Cela faisait longtemps que je n'avais pas ri autant. Ma mère nous propose de passer à table, elle a concocté un chili con carne. Je vais me régaler. Une fois le repas terminé, je m'éclipse pour aller faire une petite course. Je me sens très nauséeux, j'ai mal aux articulations. Je grimpe la colline et retrouve mon coin préféré où je partageais pleins de bons moments avec mon père. Il me manque, je m'assois et regarde au loin le soleil qui commence à se coucher. Je regarde mon portable, il est dix-huit heures, l'heure de ma naissance. Je sens des picotements, mon corps commence à trembler, je suis tétanisé, je n'arrive plus à bouger. Je vomis mon repas, mes os craquent et je hurle.

La douleur est atroce, c'est inhumain de souffrir à ce point. Je suis seul, personne ne peut m'aider. Je vais mourir le jour de mes seize ans.

CHAPITRE 3

<u>Léa</u>

Je sors prendre l'air, Nolan s'est enfui juste après le repas. Sa mère nous a expliqués que depuis la mort de son père, il avait le besoin de sentir sa présence en allant sur la colline où ils se retrouvaient auparavant. Je pense que c'est là où je l'ai vu la première fois, à notre arrivée. Je passe devant la prairie, les chevaux sont magnifiques. La jument Rose Celtic que j'ai montée hier s'approche de moi, je tends la main et elle se frotte. Elle est contente, cependant, je discerne de la peur dans son regard. Le hennissement d'un cheval se trouvant dans mon dos, me fait sursauter. Je me retourne et le vois, il est beau, grand, plus grand même qu'un cheval de cette race, il est de couleur bai, sa crinière est d'un noir intense. Il a un regard fier, il sait qu'il est splendide. Il hennit de plus belle à l'attention de l'autre cheval, quand celui-ci me pousse avec sa bouche. On dirait qu'il ne veut pas que l'autre m'approche. Je saute de la barrière et m'approche tout doucement de lui, je tends mon bras dans sa direction et il recule en frottant son sabot avant dans le sable. Je retente l'expérience et cette fois-ci, il se laisse toucher. Je m'avance doucement vers lui, caresse sa crinière. Il me regarde et examine chacun de mes gestes. Je reste prudente, car il n'a pas l'air d'être un cheval du domaine.

Je vois mon père qui s'approche doucement à l'arrière du cheval avec un lasso pour pouvoir le capturer. Il me fait signe de reculer et lui jette autour de la tête, il resserre sa prise quand l'étalon essaie de se libérer. Il part au galop en entrainant mon père derrière lui, il saute la barrière du pré mon père toujours accroché. Il fait demi-tour et s'élance dans ma direction. Je crie à mon père de lâcher prise, mais le connaissant, c'est inutile. L'étalon saute, je crie et ferme les yeux en attendant la collision. Rien ne se passe, j'ouvre un œil puis l'autre, il s'est arrêté juste devant moi. Tout mon corps tremble, toutefois, je n'ai pas peur. Le cheval me fixe et me lèche le visage. Je reste pantoise, mon père se relève tout poussiéreux et l'emmène dans un box disponible. Il lui enlève le lasso et referme la porte. Il me demande de rentrer à la maison, car il est tard, cependant, j'aurais bien voulu dire au revoir à Nolan et à sa mère. Il est très énervé de s'être fait avoir comme un bleu donc je le suis sans broncher.

Rose Celtic et Léa (photo prise par Mélissa Lebon)

<u>Nolan</u>

Je me réveille, de la paille sort de ma bouche et j'en ai aussi dans les cheveux. Mais qu'est-ce que je fais dans ce box ? J'essaie de me remémorer la soirée après mon anniversaire, je me souviens de cette douleur et ensuite ma perte de connaissance et mon rêve. J'étais un bel étalon, je galopais dans la prairie jusqu'à sentir l'odeur de pomme cannelle que je reconnaitrais entre toutes les odeurs du village. Était-ce vraiment un rêve ou une réalité ? C'était très réaliste. Il faut que je sorte d'ici avant que quelqu'un ne me voie, j'entends du bruit, trop tard, ma mère arrive. Comment lui expliquer ma présence dans ce box, plein de paille et surtout nu comme un ver. J'attrape le tapis qui se trouve sur la porte du box pour cacher un peu de mon intimité.

— Nolan, je t'ai cherché partout, mais... Qu'est-ce que tu fais là, tout nu ?

Elle se met à rire assez fort et attire les personnes qui se trouvent dans la cour. Léa me regarde avec étonnement ainsi que son père.

— Que fais-tu là, Nolan ? J'ai enfermé un étalon dans ce box, hier soir. Tu l'as fait sortir ?

Je ne sais pas quoi lui répondre, je ne peux pas lui dire que l'étalon, c'était moi, il va me prendre pour un fou. Il faut que je trouve une réponse et vite, car ils me regardent tous bizarrement.

— Je l'ai entendu hier en rentrant de ma balade, ce n'est pas un cheval à nous donc je l'ai libéré.

Monsieur Donovan commence à devenir rouge de colère.

— Tu as fait quoi ? J'ai risqué beaucoup de ma personne en le capturant ! Tu aurais pu en parler avec nous avant de le libérer.

Je n'apprécie pas la façon dont il s'adresse à moi, il se prend pour qui ! Je suis chez moi, je fais ce que je veux. Je commence à lever les bras pour crier et là, je me souviens d'une chose. Je viens de lâcher le tapis et je suis nu devant eux. Ma mère rigole de plus belle et moi, je suis rouge de honte.

Je sors du box et pars me réfugier dans ma chambre. Je vais me doucher, car je sens le crottin de cheval. Je m'habille et descends déjeuner dans la cuisine. Ma mère nous a cuisiné un festin, toutefois, je n'ai pas très faim.

— Je vous ai préparé un déjeuner pour chacun, peux-tu montrer le chemin à Léa pour aller jusqu'à l'arrêt de bus, s'il te plait ?
— Oui, maman, on y va Léa sinon on va rater le bus.
— Merci madame, à tout à l'heure.
— Bonne journée les enfants.

Je franchis le seuil de la porte avec Léa sur les talons, elle a envie de m'interroger, je lui fais comprendre que ce n'est pas le moment. Nous arrivons à l'arrêt au moment où le bus surgit. Léa monte, les garçons la regardent avec envie, elle est nouvelle et très belle. Je rage et hennis sans m'en rendre compte. Tout le monde se retourne vers moi et je leur jette un regard noir.

— Oh, Nolan, tu as fait de la musculation, tout l'été ?

Céline et Lorie, les deux pimbêches du lycée me regardent avec envie. Léa s'assoit juste derrière les filles et moi, je m'installe à ses côtés. J'entends les garçons parler de Léa, ce qu'ils disent ne me plait pas du tout. Céline se retourne et m'interpelle.

— Nolan, si tu ne sais pas quoi faire après les cours, tu peux venir chez-moi, je sais que l'an dernier, tu avais des difficultés en maths !

Elle me fait les yeux doux, c'est nouveau ça, l'an dernier elle ne me calculait pas, j'étais une vermine à ses yeux et aujourd'hui elle me drague. Il est hors de question que j'aille chez cette fille. Céline lance un regard froid à Léa qui serre les poings. Elle se retient de lui en coller une, est-elle jalouse ? Non, ce n'est pas possible. Le bus freine d'un coup et Céline est éjectée de son siège, elle est sur les fesses au milieu du couloir. Tous les lycéens se mettent à rire, elle se redresse et reste assise toute la suite du trajet. Léa m'observe du coin de l'œil et sourit.

Nous arrivons devant le lycée, je me lève et descends, les deux pin-up ricanent. Léa garde son sang-froid, mais je ressens sa rage au plus profond de moi.

— Léa, viens, je vais te montrer où se trouve les listes des classes.
— Oui, je te suis, sinon je risque de provoquer une bagarre. Ce sont vraiment des imbéciles.
— Et c'est qu'une partie du groupe, tu n'as pas vu la pire.
— Ah, super. Ça ne me changera pas de mon ancien collège.
— Oh mince, voilà l'équipe de football qui arrive. Avance, on va être en retard.

J'essaie de les éviter, toutefois ils nous encerclent. Léa essaie de se frayer un chemin, cependant, ils se mettent à deux pour la pousser au milieu du cercle.

— C'est quoi ton problème, Luc, laisse-nous passer.

Il se marre et me pousse, je ne bouge pas d'un poil. Mes pieds sont ancrés dans le sol. Je grogne, commence à m'énerver mais Léa pose sa main sur mon bras et ma colère diminue, elle me fixe et j'entends une voix dans ma tête.

« Reste calme, c'est moi, Léa. Le proviseur arrive et tu ne voudrais pas te faire virer le premier jour de classe ? »

Je suis perdu, elle arrive à parler dans ma tête. Après, étant donné que j'étais un cheval cette nuit, tout est possible. J'attends, Luc n'est pas content que je ne manifeste aucune rage envers lui.

— Attention à ne pas te faire pipi dessus, hahahaha, tu as peut-être pris des muscles cet été, néanmoins, tu es tout seul et nous nous sommes une équipe au complet.

J'ai envie de lui en coller une, je lève le poing et entends une voix derrière moi.

— Vous n'avez pas entendu la sonnerie ? Tout le monde en classe sinon, c'est une heure de retenue que vous allez avoir. Mademoiselle Donovan et monsieur Rider, dans mon bureau, tout de suite.
— Oui, monsieur.
— Ça va chauffer, monsieur... Rider.

Luc part avec son groupe en se moquant de moi. L'an dernier, il n'a pas arrêté de me harceler, mais cette année, je ne me laisserai pas faire. Il ne me fait plus peur.

« dialogue par télépathie »

Nolan métamorphosé en Sloan, l'étalon

CHAPITRE 4

<u>Léa</u>

Le proviseur a confié la responsabilité à Nolan de me montrer le lycée et de m'expliquer son déroulement. Je suis dans sa classe et nous avons deux heures devant nous pour faire tous les papiers nécessaires et la visite. Nolan n'est pas content, il aurait préféré être en cours. Je le suis dans les couloirs, une fois seul, il me plaque contre le mur et cale son front contre le mien.

— Comment as-tu fait pour rentrer dans ma tête ?
— Et toi, tu m'expliques, l'étalon ?

Il est si proche de moi, il sent tellement bon que j'ai envie de me jeter dans ses bras. Je résiste, le pousse et continue mon chemin.

— Tu dois me faire visiter le lycée, on a tout juste commencé et il ne reste plus qu'une demi-heure, allez dépêche.
— Oui, tu as raison, il ne faut pas s'éterniser ici, continuons d'avancer.

La sonnerie retentit, c'est l'heure d'aller en cours. Nous nous dirigeons vers la salle de mathématiques. Je croise Céline, elle me met un coup d'épaule et se marre avec son groupe de copines.

Je continue d'avancer, un petit tour de magie et elle se retrouve les quatre pattes en l'air sur le carrelage froid du couloir. Je me retourne, la regarde et lui tire la langue. Une vraie gamine, néanmoins, elle m'a bien cherchée. Nolan m'observe et me parle :

— Ce soir, je pense que nous allons parler longtemps de toute cette folle journée.
— Si tu veux, mon bel Apollon ! ! !

Je lui envoie un clin d'œil et rentre dans la salle pour m'installer à un des bureaux au premier rang.

****

À l'heure du déjeuner, nous rejoignons un groupe de potes de Nolan. Ses amis sont très sympas, cependant, il n'y a aucune fille. Je les écoute se raconter leurs vacances à tour de rôle, Nolan parle de ses chevaux comme je parlerais de mes grimoires. Il est très attaché à eux. Son pote Seb est très réservé, il parle peu. Il est assez costaud, brun, aux yeux marron. D'après les dires de Nolan, il est toujours comme ça. Romain, c'est tout l'inverse, il parle tout le temps, on a du mal à en placer une. Il est grand, châtain aux yeux verts. Il est très mignon. La sonnerie me fait sortir de ma rêverie, je rejoins le groupe qui est déjà en train de quitter la salle.

L'après-midi se passe sans encombre. Nolan n'était pas avec moi en cours, nous étions en demi-groupe. J'ai fait la rencontre d'une fille très sympathique, au premier abord, qui s'appelle Amalya. Elle a un caractère de feu, brune, cheveux ondulés, des grands yeux marron. C'est une sacrée belle fille ! Nous avons échangé nos numéros et elle m'a accompagnée à mon arrêt de bus. Nous nous faisons une accolade avant que je monte.

Lycée

Lorie me pousse, je pars en arrière et protège ma tête à l'aide de mes bras, car la chute est inévitable. Je me retrouve dans des bras musclés, je lève les yeux et admire son sourire ravageur qui fait augmenter les battements de mon cœur.

— Merci Nolan, tu m'as évité une belle cascade.
— Il va falloir qu'elles arrêtent de te chercher, sinon c'est moi qui m'en mêle.
— Ne t'inquiète pas pour ça, je suis leur jouet du moment, mais elles vont vite se lasser.

Il me redresse et nous nous installons sur la première rangée de sièges.

— Si tu crois qu'elles vont te laisser tranquille, tu te trompes. L'an dernier, elles ont harcelé une fille de notre classe pendant des mois sans que personne ne bouge. J'ai été voir le proviseur et l'équipe de foot m'est tombée dessus ensuite, jusqu'à la fin de l'année. Leurs clans sont liés. Je ne les laisserai pas te faire du mal comme ils l'ont fait à cette élève.

— Le proviseur a fait quoi ? Il les a sanctionnées ?

— Il n'a rien fait, il avait peur des représailles. Il a tout simplement fermé les yeux sur cette histoire de harcèlement en prétextant que les filles ne voulaient pas faire de mal, mais simplement s'amuser.

— C'est horrible, ça s'est terminé comment ?

— Les parents de la fille l'ont changée de lycée.

— Eh ben, et pour toi ? Tu n'as rien dit à ta mère ?

— Non ! ! ! Et tu ne lui diras rien non plus, c'est compris ? Laisse-la en-dehors de cela, elle a assez de soucis avec le haras étant donné que la seule personne qui veut nous le racheter, c'est le père de Céline, l'un des plus riches promoteurs de la région. Il voudrait faire un grand hôtel avec golf, centre équestre et spa. Il veut détruire mon domaine, il est hors de question de lui mettre une pression en plus, ok ?

— Oui, je ne vais rien lui dire. Ne te fais pas de souci pour cela.

Tout le long du trajet, nous restons silencieux. J'observe, par la fenêtre les grandes étendues de terre que je n'ai pas l'habitude d'admirer, vu que je viens d'une grande ville. C'est très beau et très agréable à regarder. En descendant, Nolan m'attrape le bras.

— Rejoins-moi dans les écuries à dix-huit heures, il faut qu'on parle de la journée.

— On verra, à plus.

Je pars en courant chez moi avant qu'il ne puisse me rattraper. Il n'accélère, même pas et continue son chemin jusqu'à chez lui.

Nolan

Céline n'a pas arrêté d'appeler chez moi. Ma mère ne sait plus quoi faire, jusqu'au dixième appel où elle débranche le téléphone. Une fois mes devoirs faits, je pars en direction des écuries pour aller nettoyer les boxes, c'est la seule tâche que le père de Léa me laisse, je m'en serais bien passé. Léa est en train de nettoyer ceux du fond, c'est sympa, elle me donne un coup de main. Une fois la tâche accomplie, je lui propose d'aller faire une balade pour pouvoir discuter. Nous équipons nos chevaux et commençons à partir au trot puis au galop, jusqu'en haut de la colline. Je fais ralentir mon cheval, qui se prénomme Troy, un beau pur-sang blanc, d'un mètre soixante-dix. Il est très joueur et a tendance à vouloir aller où il veut. Léa monte Rose Celtic, une jeune jument d'un mètre soixante, grise. Elle est très calme et disciplinée. Je descends de cheval et le laisse brouter. J'aide Léa à descendre même si je sais qu'elle n'a pas besoin de moi. Je la prends par la taille et la fait glisser tout doucement contre la selle. Je sens qu'elle frissonne.

— Tu as froid ? Tu veux ma veste ?

— Non, c'est bon. Tu voulais qu'on parle de quoi ?

— Ne fais pas l'innocente, qui es-tu ?

Je ne peux pas être plus direct avec elle. Je n'ai pas envie qu'elle tourne autour du pot, je veux tout savoir.

— Tu dois me promettre de ne rien dire, même pas à ta mère !

Je réfléchis une demi-seconde et accepte de me taire. Elle continue :

— Je suis une sorcière, pas celles qui font du mal comme on en voit à la télé, je suis une gentille. L'autre fois, au lac, je t'ai sauvé la vie grâce à mon don de télékinésie et je peux te parler car je suis télépathe. Je suis la descendante d'une famille de grands sorciers, mais aussi de métamorphe. Ma mère était une louve. Elle est morte quand j'étais très jeune, lors d'un affrontement entre deux clans. Mon père est un sorcier, il a un don lui aussi, il parle aux animaux et peut se transformer en n'importe quelle personne qu'il rencontre. J'ai des cousins et cousines qui vivent dans tous les pays où l'on peut trouver un centre pour surnaturel, car mes oncles et tantes sont les dirigeants de certaines organisations de l'ombre. Il y en a beaucoup, environ cent. Ces organisations protègent les humains de toutes les attaques de démons, de sorcières et de métamorphes maléfiques. Chaque année, on compte environ cinq-cents attaques de ces monstres dont une centaine mortelle. Ma tante Luna est la seule à pouvoir tuer les démons, mais grâce à un venin préparé par nos scientifiques nous pouvons les paralyser et les renvoyer en enfer. Nous avons tous un don, par contre je suis la seule à ne pas me métamorphoser. Mon père ne sait pas pourquoi, mais cela ne me dérange pas. Par contre, je ne comprends pas pourquoi personne n'est venu à toi ! C'est bizarre, à moins que... Bref, ce n'est pas le plus important, tu as des questions ?

Je reste bouche bée, elle vient de me jeter une bombe au visage. Je ne sais pas quoi lui dire et elle le remarque.

— Ça va ? Tu es tout blanc. J'ai peut-être été trop directe. Après tout, c'est toi qui l'a voulu.

Je reprends mon souffle, je ne m'étais pas rendu compte que j'avais arrêté de respirer.

— Et moi, qu'est-ce que je suis ?
— Tu es un métamorphe cheval, un très bel étalon. Tu es le premier que je rencontre. Ta mère n'est pas au courant ? C'était ta première transformation ? Oh, ça risque d'être compliqué. Et ton père, oui, c'est surement cela, il devait être comme toi.

Léa parle toute seule, en tournant autour de moi. Je commence à avoir très mal à la tête. Je ressens la même douleur qu'hier lors de ma métamorphose, cela recommence. Je me sens plus grand, je suis conscient de mon état aujourd'hui, je m'approche d'elle et lui touche le dos avec mon museau. Elle se retourne vers moi et crie.

— Oh, préviens-moi la prochaine fois, tu m'as fait peur. Tu es vraiment magnifique. Tu peux me parler, si tu veux, tous les métamorphes peuvent parler entre eux par télépathie et moi, je vous entends, car j'ai ce don, depuis petite. Vas-y essaie.

« Tu m'entends ? Je fais comment pour redevenir humain ? »

— C'est simple, tu penses à ton corps d'humain à chaque petite partie et tu vas ainsi pouvoir faire la transformation inverse.

Je me concentre et vois mes sabots redevenir mes mains et mes pieds, ma peau redevenir blanche.

— Ça marche, tu apprends vite, c'est génial. Et je voulais aussi t'expliquer un phénomène rare chez les personnes de notre monde... Non laisse tomber, je t'en parlerai la prochaine fois.
— Ouais, par contre, il va falloir que je trouve une solution à ce problème de nudité.

Elle se marre et me tend la veste que je lui ai posée sur les épaules. Nous discutons pendant deux bonnes heures de son monde surnaturel auquel j'appartiens maintenant.

Boxes avec les chevaux, Léa et Nolan

CHAPITRE 5

<u>Léa</u>

Mon réveil émet un bruit strident, il est six heures du matin, il faut que je me prépare pour le lycée. Je me lave et m'habille, j'enfile un sweat et un jegging, je n'ai presque que des vêtements noirs dans mon armoire. Je descends et sors en direction de la grande maison où mon petit-déjeuner m'attend. Nolan est déjà attablé, il n'a pas l'air dans son assiette, il lève les yeux dans ma direction et m'adresse un léger sourire. Que se passe-t-il ?

— Bonjour, tout va bien ?

Suzanne se tourne vers moi et m'envoie un petit bonjour.

— Installe-toi Léa, je prépare des pancakes, j'espère que tu aimes ça ?
— Oui, très bien, merci. Il y a un souci ?
— Non, ne t'inquiètes pas tout va bien, dépêchez-vous de manger, votre bus va arriver. N'oubliez pas votre déjeuner.

Sur le chemin, je questionne Nolan sur ce qui se passe, mais il reste muet tout le long du trajet. Le bus arrive, je monte suivie de près par Nolan. Les deux prétentieuses lui font les yeux doux et l'interpellent.

— Salut Nolan, ta mère ne t'a pas dit que je t'ai appelé au moins dix fois, hier ?

— Salut Céline, je suis trop occupé avec les chevaux, je n'ai pas le temps de répondre au téléphone.

Elles se mettent à ricaner en me fixant. Si je pouvais leur envoyer un sort, je les transformerais en rats. Dommage que nos lois nous l'interdisent. Des petits tours qui passent inaperçus, je peux, où, du moins, j'en prends le droit. Nolan est assis à côté de moi, il est très silencieux. Le trajet se passe sans encombre.

Arrivés devant la porte de la salle, Amalya me prend dans ses bras pour me dire bonjour. Elle sautille sur place.

— Ça fait un moment que je t'attends, j'ai eu peur que ces pestes t'aient empêchée de venir jusqu'à la classe. Méfie-toi d'elles, elles sont mauvaises. Moi, elles ne m'ennuient pas, car mon père est le patron de Lorie. Elles m'ignorent et c'est mieux comme cela. Ne te fais pas remarquer et tout ira bien.

— Elles font peur à tout le monde, ici, je ne comprends pas qu'on les laisse faire. C'est du harcèlement, il faut qu'elles soient punies.

— Le père de Céline donne, chaque année, une bonne compensation au lycée, du coup, le proviseur ferme les yeux à chaque fois que sa fille ou ses amies font une bêtise.

— Je trouve que c'est dégueulasse...

— Vous rentrez en classe ou vous allez en retenue ! ! !

Le professeur de français nous pousse dans la classe et nous montre du doigt le rang de devant où il reste deux places côte à côte, une pour Amalya et une pour moi.

Nous nous asseyons et restons silencieuses durant tout le cours. C'est très compliqué pour Amalya, qui parle beaucoup d'habitude. La pause déjeuner passe très vite, trop vite à mon gout. Nolan et Amalya s'entendent bien ce qui me rend un peu jalouse, car il ne m'a pas adressé la parole de tout le repas. Le reste de l'après-midi fut très calme et long.

Quand enfin se termine ce calvaire, je rejoins mon bus, fais un signe de la main à mon amie et monte dans celui-ci. J'avance et mon pied percute un objet, je pars en avant et me concentre sur mon atterrissage en pratiquant une incantation. Le temps se fige, je me retiens au siège et recule, me positionne juste avant ma chute et relance le temps. Je saute l'obstacle, qui n'est autre que le pied de Céline et la regarde avec fierté ; je peux sentir sa rage grandir au fond d'elle. Je continue mon chemin et m'assois au fond du bus. Nolan arrive et s'installe à mes côtés.

— Je vais m'occuper des chevaux ce soir, tu m'accompagnes ?

Je le regarde et lui montre mon mécontentement.

— Tu m'as évitée toute la journée, tu ne m'as pas parlé une seule fois et maintenant, tu veux que je t'accompagne!! Tu te moques de moi ?
— Je vais tout t'expliquer ce soir, retrouve-moi aux écuries, s'il te plait.
— Je ne sais pas...

En arrivant, nous traversons le domaine et partons chacun de notre côté. Je suis tellement énervée contre lui que lorsque je franchis la porte d'entrée l'ampoule explose.

Mon père est dans le couloir, il me lance un regard furieux :

— Bonjour, ma puce, ta journée s'est bien passée ? À ce que je vois, non. Retiens tes pouvoirs un peu mieux, je me sens bien ici, j'aimerais éviter de partir tout de suite, surtout que cette famille a besoin de notre aide et de nos compétences.

— Oui, désolée papa, je ne comprends pas les gens de ce bled, ils se croient tous au-dessus des lois, deux filles du lycée n'arrêtent pas de me saouler...

— Ton langage, ma puce... Vas-y continue.

Je le suis dans le salon et me pose sur le sofa.

— Donc, je disais, elles n'arrêtent pas de m'ennuyer, elles font cela depuis des années avec d'autres filles et personne ne leur dit rien, car leurs parents sont très riches et donnent de l'argent au lycée. Je trouve ces pratiques aberrantes. Elles devraient être punies.

— Et ? Je sens qu'il y a autre chose qui te chagrine ?

— Oui... Nolan. Il ne me parle pas de la journée, ne me calcule pas et ça me fait rager, je ne sais pas pourquoi !

— Ma puce, sa mère a eu une réponse négative de la banque pour racheter leur prêt, du coup, ils doivent rembourser une grosse somme d'argent d'ici la fin du mois.

— Tu ne pourrais pas les aider ? Nous avons de l'argent, combien leur faut-il ?

— Je leur ai proposé notre aide, mais sa mère ne veut pas de notre argent.

— Elle veut vendre, pourquoi ne pas lui faire une proposition pour l'achat de cette maison ?

— Tu as de bonnes idées, ma puce, je vais aller en discuter avec Suzanne. Je veux que tu fasses plus attention avec tes pouvoirs, apprends à gérer tes émotions.

— Oui, papa, bon, je monte faire mes devoirs et ensuite, j'irai faire un tour dehors.

— À tout à l'heure.

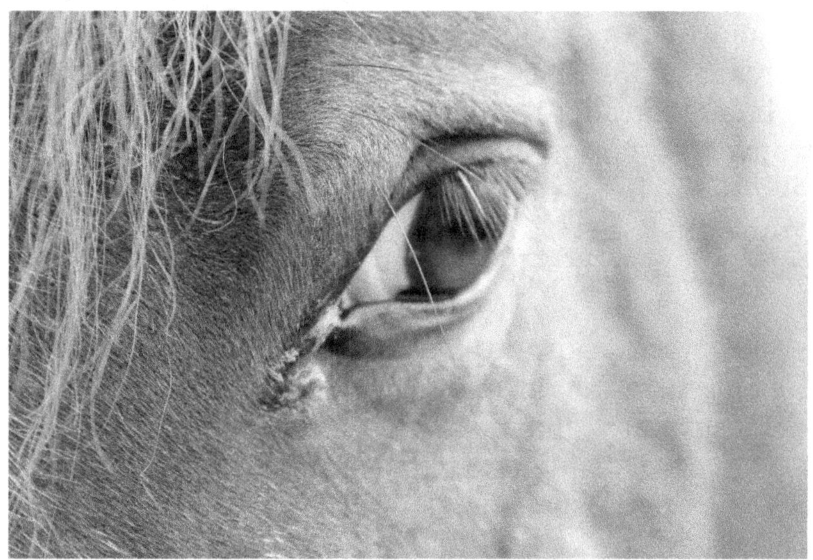

Sloan (photo prise par Mélissa Lebon)

Nolan

Je n'arrive pas à me calmer, je fais les cent pas dans le couloir de l'écurie, elle n'est pas venue. J'ai du mal à contrôler ce désir que j'éprouve pour elle à chaque fois qu'elle se trouve à mes côtés. Aujourd'hui, j'ai essayé de l'ignorer, mais en vain, mon corps est attiré par elle comme un aimant. Je n'ai jamais ressenti quelque chose d'aussi fort que ce lien qui nous unit. Je la sens, dans mon dos, je me retourne, elle s'approche doucement de moi et m'enlace. J'avais besoin de son contact pour faire baisser la température de mon corps.

— J'ai cru que tu ne viendrais pas, j'ai failli tout casser. Depuis que tu es rentrée dans ma vie, tout est chamboulé. Qu'est-ce qu'il m'arrive ?

— Il faut que je te donne un peu plus d'informations sur notre monde. Allons-nous balader, transforme-toi, je monterai sur ton dos.

Je me métamorphose et attends qu'elle grimpe pour partir au galop. Elle s'accroche à ma crinière, c'est une très bonne cavalière. C'est une drôle de sensation de se retrouver à porter quelqu'un et non l'inverse. Nous arrivons en haut de la colline, Léa descend et je me retrouve nu à ses côtés, elle me jette mes vêtements au visage et m'ordonne de m'habiller, ce que je fais de suite.

— Je suis au courant pour la banque, mon père m'en a parlé en rentrant, pourquoi ne m'as-tu rien dit ?

— C'est mon problème, pas le tien.

— Je peux t'aider, avec mon père, nous voudrions acheter la petite maison, si ta mère est d'accord pour avoir des voisins.

— Oui, cela pourrait nous aider, le père de Céline nous met des bâtons dans les roues, je ne sais pas si cela pourra être faisable.

— Tu ne connais pas mon père, il est très bon négociateur.

— Vous êtes qui au juste, tu me l'as expliqué que très vaguement.

— Je suis une sorcière et mon père est un sorcier métamorphe, comme je te l'ai dit hier, nous venons d'une grande famille réputée chez les surnaturels. Nous sommes craints de tous. Avec mon père, nous avons quitté notre ancienne ville, car j'ai eu quelques soucis avec certaines filles de mon collège. J'ai utilisé la magie contre elles, ce qui est formellement interdit, et j'ai été bannie pendant un certain temps. Du coup, je devais aller en internat dans le monde obscur, seulement mon père ne voulait pas me laisser seule. Il a donc décidé de me faire mon apprentissage de la magie, dans un endroit où le risque de reproduire le même schéma est minime.

— Je comprends mieux ta réaction vis-à-vis des filles au lycée. Il faut que je te demande un truc, pourquoi est-ce que tu m'attires comme cela ? Quand tu n'es pas avec moi, je me sens mal, je ressens un manque.

— Dans notre univers, il existe des personnes qui rencontrent leur âme-sœur, c'est une sorte de coup de foudre pour les humains, seulement pour nous, c'est beaucoup plus intense. Je suis ton âme-sœur, une fois trouvée, nous ne pouvons plus nous quitter. Une dernière info importante, si tu meurs, je meurs. Nous ne pouvons plus vivre l'un sans l'autre. Tu risques de m'avoir sur le dos très, très longtemps.

Elle me fait un sourire timide, je m'approche et la prends dans mes bras, son cœur bat très vite, non, c'est le mien, je crois que je l'aime déjà. Je me penche et dépose mes lèvres sur les siennes.

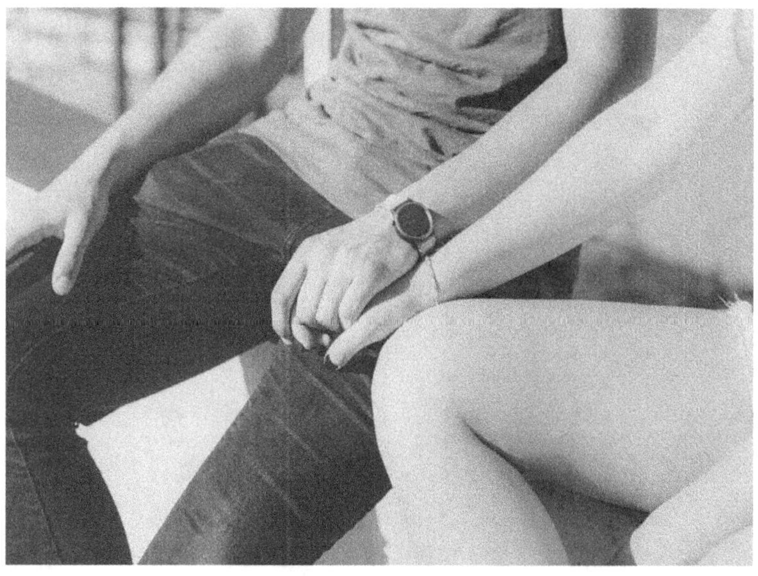

CHAPITRE 6

<u>Léa</u>

Je viens de lui expliquer ce que je redoutais le plus, je suis contente de sa réaction. Je perçois ses émotions de plus en plus et je pense que je l'aime depuis le premier jour où mon regard a croisé le sien. Mon père est dans la cuisine, il m'attend pour souper, il me regarde, perplexe.

— Je vous ai vu, en haut de la colline, comment réagit-il ?

À partir de quel moment nous a-t-il vu ? Il faut que je fasse attention à ce que je dis.

— Tu nous as vus ? Je lui ai expliqué ce qu'il était et comment se transformer. Je suis fatiguée, je monte dans ma chambre, bonne nuit.
— Assieds-toi, Léa, j'ai tout vu et je ne vais pas te gronder. Tu es son âme sœur, je le sais depuis le premier jour. Vous vous regardiez comme deux personnes qui venaient de se découvrir l'un et l'autre, sans pouvoir baisser les yeux. J'ai eu le même regard avec ta mère le jour de notre rencontre. Par contre, nous étions plus âgés, donc attention, ne pressez pas les choses, vous êtes jeunes. C'est compris ?
— Ne t'inquiètes pas, papa, je sais ce que j'ai à faire. Bonne nuit.

Mon père me parle de ma vie sentimentale, je suis mal barrée. Je monte dans ma chambre, discute sur snapchat avec mes cousines et me couche.

Je me réveille un peu plus tard, aujourd'hui, je commence à neuf heures. Le chocolat fume dans ma tasse et mon père m'a préparé des tartines de beurre et de confiture. Il a le nez dans son journal et sa tasse de café à la main.

— Bonjour, ma belle, je t'emmène au lycée aujourd'hui, madame Rider n'a pas besoin de moi. Il faut que j'aille à la banque, elle veut bien nous vendre cette maison. Et, au fait, ta tante va venir nous rendre visite, d'ici quelques jours, elle veut voir si tu t'intègres bien dans cette région.

— Cela fait une semaine que nous sommes là, elle ne peut pas venir plus tard ?

— Léa, tu sais comment elle est, tu ne la changeras pas. En plus, elle vient avec ta cousine Chloé.

— Je l'ai eue au téléphone, hier, elle ne m'a rien dit, cette sorcière.

— Dépêche-toi de manger, tu vas être en retard, je t'attends dehors.

Je sors et aperçois mon père en train de caresser un petit chaton noir, il est beau, je m'approche pour le caresser à mon tour, mais il me grogne dessus. Les chats ne m'aiment pas, c'est atroce, c'est à cause de mes gènes de loup. Je monte dans la voiture et vois mon père lui parler et sourire.

— Avec ta mère, c'était pareil, elle ne pouvait pas s'approcher d'un chat. Elle s'en plaignait à chaque fois.

— Papa, pourquoi tu n'es pas mort quand maman est partie ?

Mon père me regarde, surpris par ma question. Je veux savoir ce qui m'attend réellement si Nolan devait mourir ou l'inverse.

— Quand ta mère est morte, tu n'avais que trois mois, j'ai pu survivre grâce à toi, ma puce. Ma sœur pense que ce phénomène est rare et ne touche que notre famille. Ma mère est morte quand j'étais petit et mon père a survécu ainsi que mon grand-père. Tu sais que nous sommes une famille de sorciers différente des autres. La famille Farmer a ses propres règles de vie, nous ne choisissons pas notre destin.

— Donc s'il m'arrive malheur, Nolan pourra continuer à vivre ?

— Lui, je ne sais pas, mais toi, oui. Tu ne veux pas parler de choses moins tristes ? Comment se passe l'école ?

— Euh... Bien...

— Léa, qu'est-ce qu'il se passe ? Tu as un souci au lycée ?

Je ne lui réponds pas, du coup, il stoppe la conversation. Je sais que cette histoire n'est pas terminée et que je vais avoir le droit à un interrogatoire ce soir. Je tourne la tête du côté de la fenêtre et observe le paysage que je n'ai pas l'habitude de voir. Des étendues de champs dominent la route des deux côtés. Toutes ces couleurs me donnent du baume au cœur et m'aident à avancer dans ce monde chaotique. Quand je vois toutes ces merveilles, je sais pourquoi je me bats contre ces démons qui veulent faire de notre monde, une terre sans lumière et sans âme. Mon père se gare sur le parking, descend et part en direction du bureau du proviseur. La sonnerie retentit, je cours vers ma classe.

****

La matinée est très vite passée. Amalya vient à la maison pour que l'on puisse travailler notre exposé de sciences. C'est sa mère qui nous ramène, elle en profite pour discuter avec mon père. Elle est divorcée et drague tous les hommes seuls. Mon père est gêné, il n'a pas l'habitude qu'on lui parle comme cela et encore moins une humaine. Amalya reconduit sa mère à sa voiture et lui demande de revenir la chercher à dix-sept heures. Nous passons tout l'après-midi à faire notre devoir. Du coup, tout est prêt pour le mercredi d'après. Amalya me parle de Nolan et mon sang bouillonne. C'est une amie, mais je ne supporte pas la façon qu'elle a de parler de lui. J'ai l'impression qu'elle est love-love.

— Amalya, tu peux arrêter avec Nolan, s'il te plait.
— Tu as raison, je te saoule avec lui, j'arrête. Samedi, ça te dit d'aller faire du shopping, nous avons un centre commercial immense en ville. Je suis sure que ma mère serait ravie de nous y accompagner, surtout si elle voit ton père avant d'y aller.

— Elle est bizarre ta mère, elle drague tout ce qui bouge ?

— Oui, je m'y suis faite, c'est plus pour mon père que c'est compliqué, il la voit tous les jours faire son petit manège. Ils travaillent encore ensemble, ils sont associés.

— Tu m'étonnes, bon, je crois que ta mère t'attend, mon père a pris la fuite avant qu'elle n'arrive.

— Ils prennent tous la fuite, à demain Léa.

— À demain, Amalya.

Je ressens une présence dans mon dos, il est là. Je peux distinguer l'odeur de la forêt, du musc. Cette odeur attise tous mes sens. Je me retourne et aperçois ses yeux jaune marron, il va se métamorphoser.

— Sors de la maison, tu vas abimer le sol avec tes sabots, tu commences à te transformer.

Il me sourit et avance doucement dans ma direction.

— Je me suis entrainé tout l'après-midi, j'arrive à ne faire que les yeux, tu as vu, c'est top !

Il me prend dans ses bras et m'embrasse. Je m'écarte de lui, en prétextant que mon père pourrait nous voir. Il rechigne, mais me relâche. Il me prend la main et m'emmène derrière la maison pour nous balader.

— J'ai croisé ton père dans les boxes, il veut que j'organise notre premier concours de l'année. Ma mère lui a dit que j'étais un bon cavalier, il veut que j'y participe.

— C'est bien, ça permettra de faire rentrer de l'argent dans les caisses. J'aimerais y participer si tu me trouves un cheval, j'aime bien Rose Celtic.

— Oui, je sais, mais elle n'est pas libre ce jour-là. J'ai vu comme tu la caressais, l'autre jour !

— Ne me dis pas que tu es jaloux d'un cheval ? Ou plutôt d'une jument ?

Il se marre et me serre contre lui, une bourrasque de vent me fait trembler, il me tend sa veste que j'enfile.

— Il fait froid ce soir. Au fait, j'ai une idée, vu que Rose Celtic n'est pas disponible, tu me laisserais te monter pendant le concours ?

Il me fixe, réfléchit et me répond en souriant :

— Il va falloir beaucoup d'entrainements pour toi... Et pour moi ! ! Mais pourquoi pas. On les fera avec Rose Celtic la journée et la nuit tombée, avec moi.
— Génial, je suis trop contente.

Je lui saute au cou et l'embrasse passionnément. Il me raccompagne chez moi puis part en direction des boxes. Je le suis du regard et aperçois un cheval de couleur bai sortir au trot des écuries. Je sais que c'est lui, il est magnifique, tellement grand et majestueux.

<u>Nolan</u>

J'ai besoin de me retrouver seul, je pars me promener dans la prairie. Une petite voix résonne dans ma tête, j'espère que ce n'est pas encore Léa qui fait des siennes.

« Accepte mon contact, je suis resté trop longtemps en sommeil, tu m'entends ? »

« Qui es-tu ? Je deviens fou ? C'est un inconvénient de ma transformation, c'est ça ? »

« Non, tu n'es pas fou, c'est juste moi, ton cheval, nous partageons ce corps à deux. Je me suis réveillé après ta première métamorphose, mais tu m'as bloqué jusque-là. Je n'arrivais pas à atteindre ton subconscient et je ne voulais pas être agressif avec toi dès notre première rencontre. J'ai patienté un peu et maintenant, tu es prêt à encaisser tous ces changements dans ta vie. Je m'appelle Sloan. »

« J'hallucine, on est deux dans ma tête. Je suis bon pour l'asile de fous avec la camisole et le traitement de cheval. Quelle ironie, moi qui pensais être tranquille pendant ma balade, c'est raté. »

« Désolé Nolan, mais on a perdu beaucoup de temps. Il faut que je t'explique deux trois trucs sur nous les métamorphes, cela pourra t'aider par la suite. Tout d'abord, tu as dû t'en rendre compte, nous avons des sens plus développés qu'un humain. Tu cours plus vite, tu as une force surhumaine, tu entends, sens et vois mieux qu'avant. Ensuite, ton corps a changé, il s'est musclé, sans avoir fait de sport. Tout cela est dû à ta nature, tu es un métamorphe. Enfin, ton père l'était aussi, mais il l'a toujours caché à son entourage. »

« Il n'a rien dit à ma mère, et comment tu sais tout cela, si tu sommeillais en moi ? »

« Ton père avait un don, il pouvait me parler, même si j'étais endormi, il m'a légué toutes les informations dont tu auras besoin. N'hésite pas à me poser des questions quand tu veux avoir un renseignement. »

« Mon père te parlait ? Je ne me souviens pas de cela. »

« Oui, il venait te voir pendant ton sommeil. Par contre, il n'est pas mort d'une maladie grave, mais s'est fait tuer par un groupe de métamorphes loups, une meute d'Italie. Il était recherché pour avoir sauvé une jeune louve qu'il avait hébergée pendant un moment. La meute l'aurait exécuté. Étant seul, il a demandé de l'aide à l'organisation de l'ombre qui est, malheureusement, arrivée trop tard. Par contre, le corps de ton père n'a jamais été retrouvé. Les commandos de l'organisation l'ont cherché des jours durant, sans succès. Leur directeur, Link, a expliqué à ta mère que ton père était gravement malade, qu'il vous avait caché sa maladie pendant des mois et avait prétexté un voyage d'affaires pour mourir loin de vous. Ton père ne voulait pas risquer la vie de ta mère ainsi que la tienne. Il vous éloignait le plus possible de ce monde surnaturel. Link n'était pas au courant pour toi, car ton père a toujours dit à l'organisation que tu étais adopté. Monsieur Donovan est un ancien directeur, il travaillait à New York auparavant. C'est lui qui a envoyé les équipes de secours pour ton père, ce soir-là. Ça va, je perçois une vague de colère s'immiscer dans ton cerveau... Je t'ai donné beaucoup de renseignements d'un coup donc, je vais m'arrêter là pour aujourd'hui, mais n'hésite pas, je suis une vraie encyclopédie, tout ce que tu veux savoir sur ta vie est à l'intérieur de toi. »

Je ne sais plus quoi dire, mon père a été assassiné et pourquoi ne m'a-t-il rien dit sur ma nature, mes origines ? Mais le pire dans tout cela, c'est que monsieur Donovan connaissait mon père !!! Ça me met hors de moi. Je décide de rentrer me coucher, demain est un autre jour.

<u>Sloan (photo prise par Mélissa Lebon)</u>

CHAPITRE 7

<u>Nolan</u>

Le réveil sonne à tue-tête, je le frappe, mais rien n'y fait, la musique me fracasse les oreilles. En alerte, ce matin, je sens la présence d'intrus dans la maison. J'entends des voix inconnues qui proviennent du rez-de-chaussée. Je me prépare et descends rapidement les escaliers avec une boule au ventre. Cette sensation étrange ne me lâche pas depuis mon lever. Ma mère est dans la cuisine en train de servir le café à des personnes que je ne connais pas. Je suis un peu rassuré quand je vois monsieur Donovan avec elle. J'entre et une sensation de plénitude m'atteint de plein fouet, une femme d'une quarantaine d'années, me fixe avec un grand sourire aux lèvres. Je n'aime pas que l'on joue avec moi. Je la dévisage, car je sais que c'est elle qui me rend toute chose. Elle s'en rend compte et arrête son tour de passe-passe. Il y a un homme à la droite de monsieur Donovan. Enzo m'interpelle.

— Bonjour, Nolan, je voudrais te présenter ma sœur Léana et son mari Jonas. Ils viennent passer la semaine avec nous. Ils ont une fille de ton âge qui discute dehors avec Léa.

— Bonjour, je vais juste boire mon chocolat et je vous laisse entre adultes.

Je sors de la pièce avec ma tasse et remonte dans ma chambre chercher mes affaires pour le lycée. Je ne suis pas d'humeur à recevoir des gens aujourd'hui. Je sens une présence, en ouvrant ma porte. Léa me saute dessus et je renverse ma tasse sur mon jean, tant pis, je l'enlace et l'embrasse.

— Salut, ma belle, je viens de rencontrer ton oncle et ta tante. Il fait flipper ton oncle ! Et ta cousine n'est pas avec toi ?

— Non, elle est dans la cuisine, je voulais te dire bonjour. Ah oui, j'ai oublié de te dire mon oncle est un métamorphe ours, c'est un grincheux comme tous ceux de son espèce, mais il est très gentil. Tu vas apprendre à le connaitre, il peut te donner plein d'informations sur notre espèce. N'hésite pas à lui poser des questions. Et ma tante aime bien jouer avec les émotions des gens alors méfie-toi, elle peut être pénible.

— Oui, elle a essayé de me manipuler, mais je lui ai montré mon désaccord. Elle a une aura puissante.

— Oui, et tu n'as pas encore rencontré ma tante Luna, c'est la plus puissante d'entre-nous.

Je l'écoute tout en me changeant. J'attrape mon sac et la pousse à l'extérieur de ma chambre.

— Il faut qu'on se dépêche sinon nous allons rater le bus. Bouge-toi, Léa.

Elle se précipite dans les escaliers avec la grâce d'un félin et saute les marches quatre à quatre. Je la suis en courant et, arrivé en bas, je crie à ma mère un au revoir puis je franchis la porte.

La matinée passe très doucement, les cours de français sont ennuyeux. Quelle idée de nous mettre trois heures d'affilées. Heureusement que Léa est à côté de moi, elle me divertit avec ses blagues, qu'elle seule comprend.

Je ne sais pas où elle va pêcher ses vannes, mais elles ne sont vraiment pas marrantes. La sonnerie retentit, comme on dit « sauver par le gong », tout le monde se précipite à l'extérieur de la classe, il ne reste plus qu'elle et moi. Elle me prend par la taille et me remercie de rigoler à ses blagues qu'elle sait pourries. Je l'aime tant ma sorcière. Nous sortons de la salle et nous partons manger avec ma bande de potes et Amalya sur le terrain de foot, vide, à cette heure-ci. Tout à coup, un ballon atteint la tête de Léa qui se retrouve sur les genoux, un peu désorientée. Je vois rouge, me lève et me prépare à bondir lorsqu'elle m'attrape la jambe et me demande de garder le contrôle. Luc, Céline et toute l'équipe de foot s'approchent de nous avec un sourire narquois sur le visage. Luc est fier de son tir.

— Luc, tu es vraiment un lâche pour frapper une femme de la sorte. Arrête donc de sourire ainsi, tu n'as pas à être content de ton geste.
— Pour qui tu te prends ? Tu vas me faire quoi ? Viens, je t'attends !
— Laisse tomber, Nolan, il n'en vaut pas la peine, laissons leur le terrain et allons plus loin.
— Non Léa, je ne laisserai pas Luc s'en tirer, cette fois-ci.
— Tu ne me fais pas peur.

Tout d'un coup, Luc se jette sur Nolan et lui envoie un coup de poing au visage. Les yeux de Léa commencent à virer au jaune. Je sens toute sa rage m'imprégner et mon corps devenir brulant. Il faut que je me ressaisisse sinon je vais me transformer devant tout le monde. Luc essaie de m'atteindre une seconde fois, mais je ne lui laisse pas le temps et lui mets un coup de pied dans le ventre.
Il s'accroupit de douleur et ses potes interviennent en me coinçant les bras.

Romain attrape l'un d'entre eux et l'envoie valser dans les airs, je ne pensais pas qu'il ait autant de force. J'aperçois ses yeux qui font des étincelles, que lui arrive-t-il ? Léa suit mon regard étonné et voit la même chose que moi. Elle se met entre nous tous et intervient avant que la situation ne dégénère davantage.

<u>Léa</u>

— Ça suffit, arrêtez de vous battre. Vous ne voyez pas que votre pote est à terre, aidez-le à se relever et laissez-nous tranquille.

Céline m'attrape par les cheveux et me fait tomber au sol. Je lui tire la main, la déstabilise et la renverse pour la maintenir au sol. Elle est en colère et se débat, mais je ne bouge pas d'un centimètre.

— Tu ne peux pas arrêter de harceler tout le monde ? Laisse-nous tranquille, nous ne t'avons rien fait.

Son visage est rouge sang, elle n'apprécie pas que je la bloque.

— Lâche-moi sinon tu auras affaire à mon père.
— Ton père ne me fait pas peur, par contre, toi, tu devrais te méfier du mien !
— Je t'ai demandé de me lâcher, tout de suite.
— Je te lâcherai quand tu m'auras répondu ! Vas-tu arrêter de manipuler et d'agresser toutes les filles qui ne te plaisent pas ? Oui ou non ? Réponds !

Mes yeux sont surement jaunes, car je sens sa peur grimper en flèche. J'entends un petit oui et la lâche en m'asseyant sur l'herbe à côté d'elle. Elle se redresse rapidement et part avec sa bande de copains en direction du lycée. J'observe Romain, il cache son visage, mais j'ai vu ses yeux devenir jaunes lors de la bagarre. C'est l'un d'entre nous.

— Romain, je sais qui tu es ! Ne te cache pas.

Il me regarde, ses yeux sont verts, maintenant. Nolan prend la parole.

— Tout le monde va bien ? Seb, Romain ça va ? Léa ? Amalya ? Où est Amalya ?
— Amalya, où es-tu ?

Tout d'un coup, un bruit de feuilles séchées nous fait tourner la tête vers le tronc d'un grand arbre à notre droite. Amalya sort de sa cachette, en tremblant.

— Ils sont partis ? J'ai eu peur, Romain qu'est-ce qu'ils avaient tes yeux ? Pourquoi étaient-ils jaunes ?

Romain fait semblant de ne pas l'entendre.

— Viens Amalya, on retourne en cours.

Je lui attrape le bras et on part en direction de notre prochain cours. Les garçons nous suivent de près.

L'après-midi se passe sans encombre, malgré tout, Amalya n'est toujours pas rassurée. Elle a eu très peur et ne comprend pas comment la situation a dégénéré. Nous rejoignons chacune notre bus et montons sans croiser la bande de Luc et Céline. Nolan s'assoit sur le siège près de moi et m'interpelle.

— Romain va venir à la maison ce soir, il veut nous parler.
— C'est bien, tu ne t'étais jamais rendu compte de ce qu'il était ?
— Il n'a jamais montré quoi que ce soit, après, nous n'avons pas été attaqué comme cela, l'an dernier. Peut-être qu'il vient tout juste de découvrir ses pouvoirs !
— Oui, tu dois avoir raison, on en parle ce soir au pré.

Nous descendons du bus et partons pour nos maisons. Je sens quelqu'un qui m'observe, qui me suit le long du trajet. Je me retourne, hurle vers l'inconnu qui n'est autre que ma cousine.

— Chloé, ne fais plus ça, j'ai failli t'envoyer valser contre l'arbre.

Elle se marre et m'attrape par le bras. Ma cousine est une grande gueule avec un sacré tempérament. Elle me ressemble physiquement sauf qu'elle a des taches de rousseur sur ses joues et son nez. Elle ne les aime pas et les cache avec du fond de teint. Je la trouve très belle sans tout ce maquillage, mais elle n'en fait qu'à sa tête. Elle est très têtue. Elle me fait la bise, m'attrape le bras et continue d'avancer en me parlant.

— Il est canon, ton âme-sœur, tu en as de la chance. J'aimerais trouver le mien aussi. Il se métamorphose en cheval, c'est ça ? C'est original, il n'y en a presque plus. C'est une lignée en voie d'extinction. Viens, mon père veut te voir.
— Vas-y, je te suis.

Nous franchissons la porte de l'entrée, tout le monde est au salon, une odeur étrange flotte dans l'air. Chloé part s'asseoir sur le canapé tandis que moi, je reste dans l'embrasure de la porte. Une personne me tourne le dos, je ne la connais pas, son odeur est étrangère à notre meute. Qui est-cette personne ? Mon oncle me demande de m'installer sur la chaise à côté de lui.

— Léa, je te présente monsieur Dickens, son fils est dans ton lycée. Vous avez eu un souci aujourd'hui ?
— Bonjour, vous êtes le père de Romain, c'est ça ? J'ai vu ses yeux, mais je ne suis pas la seule. Il n'a pas su se retenir, mais pour sa défense, moi non plus. Ils nous ont attaqués alors que nous étions en train de manger tranquillement dans l'herbe. Nolan et Romain se sont battus avec Luc et un autre garçon du groupe. Et Céline m'a sauté dessus. Je n'ai pas utilisé ma magie, juste ma

force pour me défendre. Papa, tu m'a appris les techniques de défense ce n'est pas pour rien.

— Tu as raison, Léa, tu as bien fait de lui mettre une raclée, s'exclame Chloé.

— Chloé, je ne t'ai rien demandé !!! Crie son père.

Elle quitte la pièce en grognant. J'ai oublié de préciser que ma cousine est un tigre, comme sa mère. Mon oncle me fixe du regard, il recommence à me parler sauf que mon père lui coupe la parole :

— Léa, tu as eu raison, seulement, tu n'es pas toute seule à avoir des secrets. Si tu dévoiles tes pouvoirs, tu nous mets tous en danger.

— Je n'ai rien fait de mal, aucune magie. J'ai juste utilisé un peu de ma force pour la maitriser au sol. De toute façon, j'ai beau me défendre, vous ne m'écoutez pas.

Je me lève et tourne le dos à tout le monde pour rejoindre ma cousine dehors.

Chemin pour rejoindre le bus

CHAPITRE 8

<u>Léa</u>

J'aperçois ma cousine qui discute avec Nolan, devant les boxes. Tout à coup, je sens la chaleur de mon corps augmenter, elle est collée à lui et lui caresse le bras. Ils ne m'ont pas remarquée, néanmoins je perçois la gêne de Nolan. Il essaie de s'écarter, mais elle se colle à nouveau. Je vérifie que personne ne m'observe, fabrique une boule d'énergie dans ma main et lui envoie dans les jambes pour la faire tomber. Elle s'écroule dans une flaque de boue et grogne dans ma direction. Je m'avance avec un sourire forcé et l'interpelle.

— Et bien Chloé, tu ne tiens plus sur tes jambes ?

Elle m'envoie un regard plein d'éclairs. Je lui tends ma main qu'elle attrape volontiers et me serre fort les doigts.

— Je viens de faire la rencontre de ce charmant jeune homme dont tu m'as tant parlé. Il est très mignon et super gentil, il va me donner des cours de cheval toute la semaine. Cela ne te dérange pas, j'espère ?

Je la fixe et continue de sourire. J'ai envie de lui arracher la tête. Nolan m'observe, embarrassé par la situation et fait un signe de la main à quelqu'un se trouvant derrière moi.

— Je reviens, Romain vient d'arriver.

Il part en direction de sa maison et nous laisse toutes les deux. Je me retourne vers Chloé prête à entendre ses excuses.

— Même pas en rêve, si tu attends des excuses de ma part, tu peux te gratter. Tu ne m'as pas dit qu'il était aussi canon ! ! Me balance au visage Chloé.

Je reste éberluée et lui envoie un regard noir plein de sous-entendus.

— Tu me cherches, arrête tout de suite, sinon je te jette encore dans la boue. C'est mon âme sœur alors calme-toi, ne le touche plus sinon je risque de faire un malheur.
— Je voulais voir ta réaction si je m'approchais un peu trop près de lui. Ne t'inquiète pas, il ne m'intéresse pas.

Je la propulse tout droit dans la flaque, elle crie et m'asperge. Les garçons nous rejoignent et se marrent en nous voyant recouvertes de boue de la tête aux pieds. J'aide ma cousine à se relever et nous partons nous changer dans ma chambre.

Nolan

Les filles sont parties, du coup, je suis seul avec Romain qui n'ose pas me regarder dans les yeux. Il baisse la tête et joue au foot avec un petit caillou. Je lui pose la main sur l'épaule pour l'interpeller.

— Explique-moi ce qu'il se passe, Romain ? Qui es-tu ?

— Comment ça, qui je suis ? Tu le sais très bien, tu es comme moi ? Un métamorphe. Quand as-tu eu ta première transformation ?

— Le jour de mes seize ans et toi ?

— À mes dix ans, je me suis transformé en tigre. Mes deux parents sont des métamorphes donc ils m'ont bien préparé. Ta mère n'est pas l'une des nôtres, c'est peut-être pour ça que ta transformation s'est faite plus tard. Heureusement que Léa était là, je ne me suis même pas rendu compte que tu étais un être surnaturel. Tu dégages une odeur différente des humains seulement ce n'est pas la même que nous. Donc je ne m'en suis pas douté, désolé de ne pas avoir été là pour toi, mon pote.

— Pourquoi tu es désolé, tu ne pouvais pas savoir, je ne le savais pas moi-même. Alors, tu es un tigre ? Je peux voir ?

Il rigole et se cache dans un box pour se transformer. Tout à coup, un rugissement bestial s'en échappe et un tigre blanc, magnifique mais effrayant à la fois, se dirige vers moi. Il frotte sa grosse tête toute poilue sur ma main et ronronne dès que je lui caresse les oreilles. Subitement, un tigre roux atterrit à mes côtés en montrant les crocs. Ils se grognent dessus, pourtant, je me précipite entre eux et commence à parler au second tigre.

— Je ne sais pas qui tu es, néanmoins, je voudrais que tu laisses mon ami tranquille !!!

Mais qu'est-ce qui me prend ? Me mettre entre deux énormes tigres, je suis inconscient du danger ou quoi ? Le tigre roux me regarde avec curiosité et j'entends ses os craquer, il est en train de se métamorphoser en humain, c'est Chloé qui apparait nue devant moi.
Je me retourne pour lui laisser un peu d'intimité et aperçoit Romain, nu, lui aussi.

— Allez-vous habiller, tous les deux. Je ne sais plus où regarder. Où est Léa ?

— Je suis là, allons nous balader le temps que ces deux-là, s'habillent.

Elle me tend le bras que je tire, pour le coller contre mon torse et j'en profite pour l'embrasser.

Nous traversons la forêt de frênes et arrivons devant le grand lac. Une barque est échouée sur la plage, Léa veut aller faire une virée. Nous grimpons dedans et je commence à ramer jusqu'au milieu du lac. Elle regarde au loin, j'approche ma main de son visage et lui caresse la joue.

— Qu'est-ce qui te tracasse, ma petite sorcière ?

Elle me sourit et commence à m'expliquer sa rencontre avec le père de Romain.

— Mon oncle et ma tante veulent m'envoyer dans une école pour les enfants surnaturels, mais je préfère rester ici... Avec toi. Ils pensent que je suis incapable de contrôler mes pouvoirs. Jusqu'à maintenant, mon père était de mon côté, pourtant, il commence à changer de camp. Je l'ai vu dans son regard, il n'a plus confiance en moi.

Léa se met à pleurer à chaudes larmes, je la prends dans mes bras et lui caresse le dos. Elle se calme petit à petit, essuie ses yeux et ses joues puis m'embrasse tendrement.

— Je ne te laisserai jamais partir, tu m'appartiens et je t'appartiens. Rien ne pourra nous séparer, même pas ta famille. Ils ne me font pas peur, je t'aime Léa.

Je la sens se raidir entre mes bras, je ne comprends pas ce qui lui arrive ? Est-ce que je lui ai fait peur en lui disant, je t'aime ? Elle me fixe, mais reste silencieuse.

— Tu vas bien, Léa ?

Elle continue de me regarder et me chuchote :

— Tu m'aimes ?... Moi aussi, je t'aime Nolan. Je t'aime si fort.

J'ai eu peur un moment, je me suis dévoilé à elle. Je ne sais pas comment j'aurais réagi si elle m'avait envoyé valser. Elle me prend les rames des mains et commence à nous ramener sur la plage où Romain et Chloé nous attendent. Ils l'aident à descendre et nous partons en haut de la colline.

Romain s'entend bien avec Chloé, ils sont pareils et ont plein de points communs. Romain nous explique que son père a reçu un coup de téléphone du père de Céline, qui est son patron. Sa fille l'a appelé, en pleurs, en prétextant qu'on l'avait agressée physiquement et verbalement. Il veut porter plainte contre nous, à part si nous faisons des excuses devant tout le lycée, mais surtout, que ma mère lui vende le domaine. Je rage intérieurement. Soudain, j'entends Sloan me parler, il veut se défouler et pense que cela me ferait du bien. Je me transforme et propose à Léa de monter sur mon dos. Elle récupère mes affaires, me chevauche et je pars au galop dans les grandes plaines du domaine.

Si ma mère était là, elle ferait surement une attaque en voyant un cheval pourchassé par deux énormes tigres. Une fois devant nos maisons, on s'enlace et chacun part de son côté.

<u>Romain métamorphosé en tigre</u>

****

Pendant les deux semaines qui suivirent l'incident, Céline et Luc nous ont évités. La famille de Léa a su calmer le père de Céline en lui offrant une certaine somme d'argent dont ils n'ont pas voulu nous dire le montant. Ils sont repartis chez eux, à Boston, depuis deux jours maintenant. Avec Léa, nous nous sommes entrainés tous les soirs pour le concours qui aura lieu samedi. J'ai confiance en nous, surtout que nous avons un grand avantage, nous pouvons nous parler pendant le circuit. Nous sommes rapides lors des étapes et les sauts sont parfaits.

Pour le concours, nous avons fait carton plein. Monsieur Donovan a fait une publicité d'enfer. Tous les meilleurs cavaliers seront présents, il faudra se surpasser. Nous avons récolté de très beaux lots et une belle récompense pour le grand gagnant. Nous attendons environ trois cents personnes du coup un food-truck a été réservé pour l'occasion. Pour financer le concours, ma mère va proposer des balades à poney, ainsi qu'une kermesse avec plein de stands tenus par Amalya, Léa, Romain et Seb. Le propriétaire du snack ambulant est un ami donc il va nous reverser une partie de ses bénéfices. Normalement, tout devrait bien se passer, nous n'avons plus qu'à gagner le concours. Juste un seul hic, c'est l'inscription de Céline et Luc, au concours. J'ai confiance, en nous, c'est juste qu'elle triche à tous les concours qu'elle fait en maltraitant les chevaux des autres.

<u>Léa</u>

Il fait froid ce soir, je me promène le long du pré en pensant à la journée qui nous attend demain. J'ai peur de ne pas réussir, de tout gâcher. Mais d'un autre côté, j'ai confiance en Nolan, je sais qu'il va assurer. J'entends un bruit sourd dans mon dos, je me retourne et Nolan est là, devant moi, avec une couverture polaire bleue qu'il pose sur mes épaules. Il m'accompagne jusqu'au bords du lac et dépose une seconde couverture au sol. Nous nous asseyons dessus et il me regarde en me caressant le bras. Je sens la chaleur me monter au niveau des joues. C'est la pleine lune, la vue est sublime. Je ressens les bienfaits de cette lune sur mon corps, mais aussi les mains chaudes de Nolan qui me font frissonner.

— Tu as froid ? Tu trembles, ma belle.

— Non, c'est bon, la couverture me tient bien chaud. C'est cette vue, la lune et toutes ces étoiles qui se reflètent sur le lac, c'est splendide... J'ai peur pour demain, Nolan. J'ai confiance en nous, mais... j'ai peur, pour toi. Je ne veux pas que Céline et Luc te fassent du mal.

— Ne t'inquiète pas pour moi et concentre-toi sur le parcours. Je sais me défendre et encore mieux, maintenant.

— Oui, tu as raison, je me fais du souci pour rien, je t'aime.

Nous nous allongeons face à toute cette beauté qui nous entoure. Je baille, il sourit.

— Rentrons, tu es épuisée.
— Non, encore cinq minutes.

Je baille encore une fois, respire son odeur sauvage qui m'apaise et m'assoupis serrée contre son corps chaud.

CHAPITRE 9

Léa

Je sens quelqu'un qui m'observe, j'ouvre les yeux et perçois son regard langoureux sur moi. Je suis toujours collée à lui sous le plaid et à même le sol. Je regarde ma montre et me mets à crier.

— As-tu vu l'heure ? Mon père va me tuer. Il faut qu'on rentre de suite. Nolan réagis, tu ne dis rien, mais, toi aussi mon père va te massacrer quand il va voir que tu es avec moi.

Nolan se lève et me soulève avec le plaid. Il se marre et m'embrasse dans le cou.

— Allez ma belle, allons nous préparer, nous avons un concours à gagner.

Nous arrivons devant ma maison, Nolan m'envoie un bisou et part en direction de la sienne. Je franchis le seuil et entends du bruit dans la cuisine. Je marche tout doucement et commence à monter les escaliers quand une voix grave m'arrive aux oreilles. Je me retourne et aperçois mon père en bas des marches. Il n'est pas content, du tout. Ses yeux sont orangés et je sens beaucoup d'énergies négatives m'atteindre de plein fouet.

— Excuse-moi papa, nous nous sommes endormis dans le pré à côté de la maison. J'étais épuisée à cause des entrainements et Nolan n'a pas voulu me réveiller.

— Que t'est-il arrivé, Léa. Je ne te reconnais plus. Tu ne m'écoutes plus. Je vais suivre l'avis de mes sœurs et après le concours, je t'envoie à l'internat. L'organisation saura t'enseigner les bonnes manières et surtout les professeurs vont t'apprendre à te servir correctement de tes pouvoirs.

— Non, papa, s'il te plait, je veux rester avec toi. Je me suis juste endormie. Cela arrive à tout le monde !!

Il baisse les yeux et part à l'opposé de moi. Je suis anéantie, je ne veux pas partir et le laisser seul. Et encore moins abandonner mon âme sœur. Je risque d'être déprimée et mon côté animal risque de prendre le dessus. Je l'appelle une dernière fois mais, il ne daigne pas se retourner pour m'observer. Il me crie juste que la discussion est close. Je sens des larmes couler le long de mes joues. Ma tante a su monter la tête à mon père, je ne supporte plus cette famille. Ils se croient supérieurs à nous, car eux peuvent se transformer et pratiquer la magie alors que moi non. Je ressens l'animal en moi qui me parle néanmoins, il ne s'est jamais extériorisé. Mon père pense que cela est dû à la mort de ma mère. Mon animal s'est mis en sommeil, malgré cela, il arrive qu'il communique avec moi, quelques fois.

****

Une fois entrée dans ma chambre, je m'effondre sur mon lit et pleure à chaudes larmes. Je n'arrive plus à m'arrêter, mon coussin est trempé. Que vais-je faire ? Je ne peux pas partir loin d'ici. Ils sont tout pour moi, mon cœur ne tiendra pas la distance, je risque de souffrir. Je suis épuisée, je baille et mes yeux se ferment.

<u>Nolan</u>

Je suis devant l'entrée des écuries, j'attends avec impatience Léa qui ne devrait pas tarder à arriver. Romain vient me saluer, il est accompagné de Chloé qui a fait le déplacement spécialement pour le concours avec sa mère et sa tante. Elle me fait la bise et part en direction de la maison de Léa. Je l'ai trouvée bizarre, son regard me fuyait. Je regarde ma montre, Léa est en retard, nous devions nous retrouver à dix heures pour mettre notre stand en place et il est déjà dix heures trente. J'attends encore un peu et j'irai la chercher s'il le faut. Romain me tape dans l'épaule et me parle.

— Tu m'écoutes ? Ça fait cinq minutes que je te parle. Alors vous êtes prêts ?

— Oui, excuse-moi, j'ai la tête ailleurs depuis ce matin et je trouve que Chloé a une attitude étrange. Elle t'a parlé de quelque chose ? Tu me le dirais si tu étais au courant de quoi que ce soit ?

— Bien sûr que je te le dirais, t'es mon pote. Après Chloé est toujours étrange. Mon tigre est tout chamboulé en sa présence. Mes émotions sont contradictoires, soit j'ai envie de l'embrasser, soit de l'étrangler. C'est vraiment chelou ! ! Léa n'est pas avec toi ? On avait tous rendez-vous à dix heures trente ?

— Non, je ne sais pas ce qu'elle fait. Elle ne répond pas à son téléphone et vu ce qu'il s'est passé ce matin, j'espère qu'il ne lui ait rien arrivé. Mais t'inquiète, je gère, va préparer ton stand. Ma mère t'attend dans la cour supérieure, tu seras avec Chloé pour tenir le stand tir à l'arc.

— Super, merci, je sens que la journée va être géniale avec ma douce, à plus tard.

Il me tourne le dos et court vers ma mère alors je lui crie :

— Et si tu vois Seb avant moi, dis lui qu'il est avec Amalya au stand barbe à papa, bon courage.
— OK, merci Nolan.

Les sponsors commencent à arriver et déposent leurs matériels. Les chevaux des concurrents sont installés dans les boxes prévus pour le concours. J'aperçois Céline qui arrive dans ma direction, elle me saute au cou en me serrant dans ses bras. Je me retrouve la tête dans ses cheveux et ses jambes autour de mes hanches. J'essaie de la repousser, mais elle est collée à moi. Elle a une sacrée force cette fille. Je pose mes mains sur son ventre pour l'éloigner, malgré tout elle rapproche sa bouche de mon oreille et me chuchote :

— Laisse-moi faire, tu n'es pas assez fort pour moi... Au fait, j'ai vu que ta chère et tendre s'est inscrite au concours. Dis-lui de se désinscrire si tu ne veux pas qu'il lui arrive quelque chose de grave ! ! ! Hahahahah.

— Lâche-moi, sale garce.

Je la jette au sol et je lui crie :

— Si tu touches un seul cheveu de Léa, je te tue ! ! ! Tes menaces, tu peux les garder pour toi. Fais bien attention à ce que tu fais ! ! !

Elle me fixe, se lève en frottant ses fesses pour enlever la poussière de son pantalon. Elle explose de rire et rétorque :

— Tu crois que tu me fais peur ! ! ! Tes menaces ne m'atteignent pas. Je t'aurais prévenu, bonne chance à ta copine.

Je vais pour tourner les talons quand elle m'attrape le bras. Je l'observe et là, surprise, en apercevant son regard d'un rouge sang. Je tire et elle me lâche en partant vers Luc, qui l'attend un peu plus loin. Léa me rejoint à ce moment-là. Elle a le contour des yeux rouges et bouffis. Pourquoi a-t-elle pleuré ? Je l'enlace et l'embrasse tendrement. Elle me prend la main et m'emmène vers la grange pour un peu plus d'intimité. On s'assoit sur le banc et elle commence à s'excuser pour son retard.

— Mon père m'a attrapée ce matin en rentrant, il ne me fait plus confiance et veut que je rentre avec mes tantes et ma cousine après le concours. Il veut que j'aille dans l'école dont je t'ai parlé et que je vous laisse tous les deux, ici.

— C'est pour ça que tu es si triste ? Oh, ma belle, viens là.

Je la prends dans mes bras et lui embrasse le front. Je ne la laisserai jamais partir, quand elle est loin de moi je suis mal, donc à Boston ce n'est pas possible. Je la sens trembler et renifler, elle pleure à nouveau. Je lui lève la tête, lui essuie les joues et l'embrasse doucement, puis avec plus de fermeté. Je l'aime tellement. Son père devra me passer sur le corps pour pouvoir l'emmener loin de moi.

— Tu sais que je ne peux vivre sans toi. Je vais aller voir ton père et le faire changer d'avis. Je n'ai jamais rencontré quelqu'un d'aussi jeune que toi avec autant de maturité. Il devrait être fier de toi ma princesse. Tu sais gérer tes pouvoirs à la perfection et pourtant, tu as eu des moments difficiles au lycée avec ses deux pimbêches. Tu aurais pu leur faire du mal, mais tu as su contenir tes émotions et l'intensité de tes pouvoirs.
— Oui, je lui ai dit tout cela, seulement, il ne m'entend plus. Il écoute ses sœurs qui lui montent la tête contre moi. J'ai peur Nolan, je ne me sens plus de faire le concours.
— En parlant du concours, Céline est venue me voir pour te faire renoncer à ton inscription. Elle veut à tout prix gagner et tu lui fais de l'ombre, ma belle.
— J'ai vu, je ne vous entendais pas de ma chambre toutefois, je l'ai vue te sauter dessus et te parler à l'oreille.

Je me sens gêné, je baisse les yeux et elle me rassure en m'embrassant.

— Je t'ai vu la jeter au sol et lui crier dessus. Céline est folle, méfie-toi d'elle.

— Il y a eu une chose bizarre, elle sentait la pourriture et avait les yeux rouge sang quand je l'ai rejetée. Cela m'a effrayé sur le coup, mais tout est redevenu normal la seconde d'après. Je me demande si je n'ai pas rêvé.

— Les yeux rouges et une odeur de pourri, tu es sûr de toi ?

— Oui, pourquoi ?

— Il faut que j'aille voir mon père, je reviens. Et ne me désinscris surtout pas, on va le faire ce concours et on va le gagner.

Léa part en courant en direction de chez elle en me laissant en plan au milieu du pré. Je pars rejoindre ma mère pour installer notre stand de pêche aux canards.

CHAPITRE 10

<u>Léa</u>

Je me précipite vers la maison lorsque j'entends des cris provenant du jardin à l'arrière de celle-ci. Ma tante Léana crie très fort. Tout à coup, un éclair jaillit de la main de mon père et ma tante ne peut plus parler, elle a les lèvres collées.

— Léana, je t'ai dit que je gérais la situation. C'est ma fille et pour le moment elle n'a rien fait de mal. Je lui ai annoncé, ce matin, qu'une fois le concours terminé, elle partirait avec vous à l'organisation. Mais avec ton discours impressionnant, je pense que je vais lui laisser une seconde chance et elle va rester avec moi. Si tu arrêtes de crier, je relâche le sort ! ! !

Léana bouge la tête de haut en bas et mon père lui décolle les lèvres.

— Ne t'avise plus jamais de me coller les lèvres ! ! !

Mon père a un léger sourire sur le visage. La situation l'amuse. Il faudra qu'il m'apprenne ce tour. Léana est furieuse, mais parle en retenant son calme.

— Tu ne peux pas faire ça Enzo, ta fille est importante pour la survie de notre espèce. Luna ne pourra pas tuer toute seule tous ces démons. Il y en a de plus en plus et ta fille doit l'aider, car elle en a les compétences. Tu ne peux pas repousser l'inévitable chaque jour. Il faut qu'elle se rende compte de la capacité de ses pouvoirs et tu ne l'aides en rien en la gardant cachée ici.

— Je comprends très bien ce que tu me dis toutefois, elle n'a que quinze ans. C'est mon bébé et je ne peux pas l'abandonner aux bras de l'organisation pour en faire une tueuse de démons.

Je les observe discuter de mon cas cachée derrière le grand muret quand une main vient se poser sur mon épaule. Je renifle, sens cette odeur de musc et me retourne pour me retrouver face à l'homme que j'aime. Je lui fais signe de se taire et il se positionne accroupi à côté de moi. Je me retourne dans leur direction pour les écouter et m'aperçois que ma tante a déserté les lieux. Mon père est tout seul, il regarde le ciel et chuchote des mots incompréhensibles malgré mon ouïe fine. Nolan se lève et me laisse un peu d'intimité avec mon père. Je me redresse et m'approche de lui. Il est toujours dans ses pensées, néanmoins, il a senti ma présence. Il me regarde et me parle.

— Léa qu'est-ce que tu fais là ? Tu ne prépares pas ton stand ?

Le timbre de sa voix est chevrotant, inquiet. Je le serre dans mes bras et je le sens se détendre un peu.

— J'ai tout entendu, Papa. Pourquoi ne m'as-tu pas expliqué la situation ?
— ...... Je......
— Ce n'est pas grave, nous en discuterons plus tard. Pour le moment, nous avons d'autres chats à fouetter.
— Comment ça ?

— Nolan a remarqué que Céline avait les yeux rouges et une odeur de pourri, cela ne te rappelle rien ?

— T'es sure de ces propos ?

— Oui, certaine. Quand il a voulu la dégager de lui, elle n'a pas accepté et les signes sont apparus. De plus, elle a une force surhumaine.

— Il faut en parler à ta tante Luna.

Je sens la présence de ma tante derrière moi qui me lance :

— De quoi veux-tu me parler ? Avant toute chose, je viens t'avertir que des démons sont présents à ton concours. Ma marque scintille et je n'ai pas prévu de haut à manches longues. Pourrais-tu m'en prêter un, Léa ?

— Bien sûr tante Luna, suis-moi.

Elle envoie un clin d'œil à mon père et me suit jusqu'à ma chambre. Je lui trouve un maillot avec une licorne dessus et lui tend pour qu'elle puisse l'enfiler. Elle n'est pas très ravie, mais c'est une sorte de vengeance. Je leur en veux à tous les trois de m'avoir laissée dans l'ignorance jusqu'à maintenant. Elle se retourne vers moi en me souriant.

— Léa ne fait pas la tête, comment voulais-tu que ton père t'annonce cela ? Tu sais moi quand je l'ai appris, j'avais vingt ans. Et mon père m'avait tout caché, alors que toi, tu es au courant de tout cela sauf de ta destinée. Tu es une fermière, comme moi. Je pense que tu vas te métamorphoser à tes vingt ans. Toutefois, tu dois l'entendre te parler, non ?

— Euh ! ! ! Oui, peut-être...

— Alors, je continue. Tu es une très bonne sorcière et une future métamorphe qui sera puissante. Mmmhhh, j'ai hâte de savoir à quoi tu vas ressembler. Bon revenons à nos moutons. Comme moi, tu vas pouvoir tuer des démons et pour cela, tu vas avoir besoin d'un entrainement très poussé. Si tu viens avec nous, au centre, ta tante Léana va t'apprendre à te battre et moi, je vais t'enseigner comment gérer tes émotions pour pouvoir contrôler plus facilement tes pouvoirs. As-tu d'autres pouvoirs dont je ne suis pas au courant ?

— Je ne pense pas, juste la télékinésie, la télépathie.... Et depuis peu, je ressens une douleur vive dans ma tête comme tout à l'heure quand Céline m'a bousculée. Maintenant qu'elle n'est plus à côté, cela me brule un peu moins.

— Je peux regarder sous tes cheveux, ton tatouage est peut-être là.

Elle me tripote le crâne et crie de joie. Je suppose qu'un tatouage en forme d'arbre de la vie est gravé sur mon crâne.

— J'avais raison, tu es bien une fermière. Par contre, ta marque est là et les démons vont te rechercher pour te tuer pendant que tu es encore jeune et inexpérimentée. Je ne peux te laisser, ici, ma puce. Tu vas devoir nous suivre.

— Non ! ! ! Je ne viendrais pas avec vous, papa m'apprend à me battre et la magie, je gère. Je ne peux pas quitter les deux hommes qui comptent le plus pour moi. Vous m'avez fait croire que j'étais incapable de tout gérer alors que c'est vous qui ne gérez rien. Maintenant, je vais rejoindre Nolan pour le concours et vous allez rentrer chez vous, toutes les trois.

— Juste une chose, tu penses que Céline est une démone ?

— Comment....

— Ton père me parle dans la tête, moi aussi, je suis télépathe.

Elle me prend dans ses bras et m'embrasse sur le front.

— Je t'aime ma nièce et je ne veux que ton bien, fais ton concours, gagne-le et on en reparle après.

Je n'ai pas le temps de dire quoi que ce soit, qu'elle a déjà quitté les lieux. Je regarde ma montre, il est midi, Nolan va me tuer, gérer tous ces enfants seul. Je descends les escaliers, claque la porte et cours vers notre stand. En chemin, je distingue une jument avec son poulain au fond du pré en train de jouer. Ils sont tellement inconscients du monde qui les entoure. J'aimerais pouvoir être comme eux, parfois.

(photo prise par Mélissa Lebon)

Nolan

— Léa, tu arrives enfin, j'ai du mal avec tous ces petits bambins. Ma mère m'a aidé un moment, mais elle a dû partir pour servir au food-truck.

Je sens que je vais fondre, elle est tellement belle. Je lui tends la main qu'elle saisit et je l'aide à franchir le bac à canards. Je lui demande si tout va bien et elle me répond oui sans plus d'explications. Je vois bien qu'il y a un souci cependant, je n'insiste pas, on verra tout à l'heure après les épreuves. Les enfants rejoignent leurs parents pour aller manger. Un peu d'intimité, je l'assois sur mes genoux et l'embrasse dans le cou avant de monter vers son oreille pour lui chuchoter des mots doux.

— Arrête, tu me chatouilles. Nolan, s'il te plait, je n'arrive plus à respirer.

Je la laisse reprendre son souffle et commence à lui faire des chatouilles au niveau des côtes. Elle explose de rire, cela fait du bien de la voir se détendre. Je l'observe et j'aperçois quand même une lueur de tristesse dans son regard.

— Dis-moi ce qu'il se passe Léa, tu ne peux pas me laisser dans l'ignorance. Je vois bien qu'il y a un problème, tu dégages une odeur différente des autres jours.

— Je ne veux pas en parler maintenant, en fin d'après-midi, je t'expliquerai tout. OK ?

— Je n'ai pas le choix, de toute façon te connaissant, tu ne me diras rien avant. Tu veux manger quelque chose ? Je te laisse le stand et vais acheter à manger.

— Oui, ramène-moi des frites et un hamburger, s'il te plait.

— OK, je reviens.

Je la laisse et pars vers ma mère au bout du chemin de terre. Elle me prend dans ses bras et m'embrasse sur la joue. Elle sait que je ne suis pas démonstratif et le fait de m'embrasser me perturbe.

— Comment va Léa, elle n'est pas trop stressée pour son premier concours ?
— Un petit peu, si, elle est bizarre depuis ce matin.
— Son père n'a pas trop apprécié votre virée nocturne et je le comprends donc je pense qu'elle a dû être punie.
— Oui, tu as surement raison.

Je prends nos hamburgers, nos frites et retourne vers Léa.

De loin, je vois Céline parler avec Léa qui se recroqueville sur elle-même. Elle se tient la tête et son visage est crispé. Céline rigole en la regardant. Je cours vers elles et hurle sur Céline pour qu'elle recule.

— Qu'est-ce que tu veux ? Va voir ton cheval et laisse-nous tranquille.
— C'est bon je ne lui ai rien fait à ta petite protégée. Je ne sais pas ce qu'elle a ! ! ! Je vais aux écuries, les chevaux sont plus intéressants que vous ! ! !

Elle tourne les talons et part en direction de son box. Elle se retourne et me fixe avec son regard rouge sang.
Je détourne le regard pour me concentrer sur Léa qui est au sol. Je l'aide à se lever et nous partons nous installer sur le banc dans l'un de mes endroits préférés du domaine.

— Léa, tu m'entends ? Qu'est-ce qu'il t'arrive ?
— J'ai mal à la tête, ça me brule. Mais ne t'inquiètes pas, la douleur commence à s'estomper.

— Tu ne veux pas que j'appelle ton père ? Il doit savoir ce qu'il se passe. Attends, laisse-moi regarder ta tête......... Oh, mince, c'est quoi ça ? Tu as un arbre de vie imprimé dans ton crâne qui scintille en rouge. C'est le même tatouage que ta tante ! ! !

— Oui, je sais. Je suis comme ma tante, une fermière. Je peux tuer des démons et mon pouvoir commence à faire surface. Le tatouage est le premier signe, il s'illumine dès qu'un démon est à proximité de moi. Comme à l'instant. C'est douloureux, les premières fois et ensuite la douleur s'estompe. Là, ça s'est calmé.

Léa m'arrache le plateau-repas des mains. Elle mange avec bon appétit, les frites. Je m'installe à côté d'elle et commence à manger mon hamburger. Quand je comprends le sens de sa dernière phrase, je m'arrête de mastiquer, avale et la questionne :

— Tu veux dire que Céline est une démone ? Comment se fait-il que l'on n'ait rien remarqué, tout ce temps ?

— Elle a dû sentir mes pouvoirs se réveiller et maintenant, elle montre sa vraie nature.

— Son père aussi est un démon ?

— Oui, surement. Je ne comprends pas que ma famille n'ait rien vu. Après, ils n'ont jamais été en contact direct avec eux. Il faut que l'on se regroupe après pour en discuter. Il va falloir faire attention durant le concours, car elle sait qui je suis et elle va vouloir m'éliminer.

J'entends des pas dans mon dos, je sens une odeur de miel et de rose.

— Oui, tu vas devoir faire attention Léa, et toi, encore plus, Nolan, elle ne sait pas que tu es son cheval et elle va essayer de te faire du mal pour que tu ne puisses pas concourir. Donc, méfie-toi de tout le monde, une fois métamorphosé, s'exclame Luna.

— Je vais me transformer à la dernière minute comme ça, il n'y aura rien à craindre. Allez, terminons de manger et après, on file se préparer.

Luna part vers Chloé et Romain en nous faisant un au revoir de la main. Je serre Léa contre moi et lui fais des petits bisous dans le cou tout en lui caressant le dos pour la rassurer. Je la sens trembler dans mes bras. De peur ou de plaisir ? Je pencherais plus du côté du plaisir vu le regard qu'elle me jette.

CHAPITRE 11

<u>Léa</u>

Nous sommes en train de terminer notre repas, quand soudain un cri effrayant traverse les murs des boxes pour m'atteindre de plein fouet. Je ressens de la tristesse, mais aussi de la colère provenant d'une jeune cavalière de l'écurie. Elle demande de l'aide en accostant toutes les personnes qu'elle croise. Nolan se lève et court à sa rencontre. Je le suis comme un automate, je sais ce que l'on va trouver dans le pré et cela m'effraie. Nolan parle avec Jessica la cavalière apeurée. Puis, il se tourne vers moi en me tendant la main. Il ressent mes émotions et il est autant effrayé que moi. Jessica quitte les lieux rapidement à la recherche du vétérinaire. J'entre dans le pré, accélère le pas jusqu'au bas de la colline et reste pétrifiée. Qui a pu faire cela ? C'est horrible, il faut vraiment être malade !!! Nolan me parle, mais je n'entends rien. Mes oreilles bourdonnent, des larmes coulent le long de mes joues. Je sens la nausée arriver et recule pour vomir dans un seau sur ma gauche. Nolan me tient les cheveux. J'ai vu pire, malheureusement pour moi, mais je suis toujours aussi chamboulée lorsque l'on touche aux êtres que j'aime. En plus, j'ai un don qui me permet de ressentir les émotions des humains et des animaux de façon triplement exacerbée. Et là, il y a trop de monde qui ont mal pour ce petit être sans défense, ma petite Rose. Qui t'a fait ça, ma belle.

Je m'approche d'elle, me positionne à sa hauteur et la rassure comme je peux en lui caressant le museau. Elle me regarde et une larme coule de ses yeux brumeux. Elle souffre énormément. C'est insupportable de la voir dans cet état. Nolan essaie de me redresser pourtant, je ne peux pas, mes jambes ne peuvent me porter. Je suis en état de choc, je n'arrive pas à me ressaisir. Mes larmes coulent de plus en plus et Rose commence à fermer les yeux. Je la secoue et lui parle pour éviter qu'elle ne s'endorme dans un sommeil éternel. Le vétérinaire et mon père arrivent assez rapidement. L'homme habillé de noir me bouscule et je me retrouve dans la poussière au ras du sol. Je rage, pour qui est-ce qu'il se prend celui-là. Il ne peut pas me mettre à l'écart. Mon père a ressenti ma colère et m'interpelle :

— Léa, laisse le vétérinaire s'occuper de Rose. Il y a urgence, elle est mal en point.

Je ne l'entends pas, ma colère monte en grade, j'ai envie de faire un massacre. Mon père me redresse et me bloque les bras en me fixant du regard.

« Léa calme-toi, tes yeux sont jaunes. Ne fais pas d'esclandre, ce n'est pas le moment. Sors de ce pré, le plus loin possible d'elle et de tous ceux qui te font partager leurs souffrances. Fais-en sorte que ta colère diminue, même, disparaisse ce serait encore mieux. Tu vas avoir besoin de toute ton énergie pour cette journée. Va te préparer pour le concours, moi, je m'occupe de Rose Celtic, tu peux me faire confiance, elle est entre de bonnes mains. Allez va-t'en, je ne peux pas te gérer, toi et la soigner elle, j'ai besoin de tout mon pouvoir, LÉA !!! »

Rose Celtic (photo prise par Mélissa Lebon)

Je commence à percuter. Nolan me prend dans ses bras et m'éloigne du pré le plus possible. J'inspire et expire plusieurs fois. Je prends de grandes bouffées d'air et les battements de mon cœur diminuent, ils suivent le rythme de celui de mon amour. Je ne m'étais pas rendue compte que j'avais arrêté de respirer. Je ressens la peur de Nolan pour moi. Je le serre contre moi et il m'embrasse le front en me chuchotant des mots agréables. Rose hennit, c'est insupportable. Nolan m'emmène plus loin et me murmure dans le creux de l'oreille :

— T'inquiète pas, ton père va la soigner. Je lui fais entièrement confiance, c'est un très bon guérisseur. En plus, nous avons le meilleur vétérinaire de la région avec lui.

— Oui, tu as raison. Laissons-les gérer. Nous avons un concours à gagner, Céline ne s'en sortira pas, cette fois.

Jessica arrive vers nous et m'interpelle :

— Léa, j'ai entendu Céline dans le box. Elle parlait avec Luc et Lory. Elle a empoisonné Rose, car tu ne voulais pas renoncer au concours. Elle pensait que tu la montais aujourd'hui, vu que tu t'es entraînée toute la semaine avec elle. J'ai tout raconté à ton père, par contre, il ne peut pas la disqualifier car nous n'avons pas de preuve. Je suis désolée, Léa.

— Tu n'y es pour rien, Jessica. C'est moi qui suis désolée, tu ne vas pas pouvoir concourir.

— Ce n'est pas le plus important. Tant que Rose s'en sort, c'est ce qui compte. En revanche, je veux que tu lui fasses mordre la poussière, elle ne mérite pas de gagner.

— Oui, je vais tout faire pour qu'elle paie.

Je la prends dans mes bras et la réconforte en lui caressant le dos. C'est une fille géniale, pleine de générosité et d'attention envers les chevaux du centre. Elle me remercie pour mon attention et s'enfuit vers la kermesse rejoindre sa mère.

Mon père sort du pré, il a une mine déconfite. Il croise mon regard et s'approche de moi. Il me prend dans ses bras et je m'effondre. Mes larmes coulent de nouveau, il me les essuie avec le revers de sa main. Il me remonte le menton avec son doigt et me parle :

— Ma puce, Rose ne va pas bien du tout. Tu vas devoir être forte. J'ai réussi à extraire tout le venin qu'elle avait dans son corps, mais une partie l'a quand même atteinte. Il va lui falloir du temps pour s'en remettre. Je ne veux pas que tu interviennes pour Céline, tes tantes et moi, nous allons faire le nécessaire, après.

— Elle ne doit pas s'en sortir, papa. Ce n'est pas la première fois qu'elle fait cela. Elle a tué un cheval, la dernière fois, mais personne ne peut l'associer à ce meurtre.

— Oui, je sais le vétérinaire m'en a parlé. C'est la deuxième fois qu'il voit ce cas et m'a dit que le premier était mort sur le trajet en allant à la clinique. Mais l'autre cheval avait encore le venin en lui. Ce venin est celui d'un démon de classe deux. Sa famille est moins puissante que la nôtre, nous allons les anéantir. Il faut que je te laisse, je vais retrouver tes tantes pour pouvoir organiser un plan pour les capturer, elle et sa famille. Je pense savoir qui est son père, il va falloir être prudents, car ils ont de très bons alliés. Occupe-toi de gagner ce concours et moi, je m'occupe du reste. Mets-lui une raclée sur son propre terrain, ma belle. Et toi Nolan, méfie-toi de tout le monde, une fois métamorphosé. Bonne chance, les enfants.

— Merci, papa.

Il me lâche et part vers mes tantes. J'observe le vétérinaire, il installe Rose dans son camion pour la transporter jusqu'à sa clinique. Il m'explique, en détails, tous les soins qu'il lui fait. Je m'approche de la tête de la jument, lui embrasse le museau et la réconforte avec mes paroles. Je ne sais pas si elle comprend ce que je lui dis, mais elle redresse la tête et me fixe du regard. Une larme s'échappe de son œil pour atterrir sur sa joue. Je lui caresse la crinière et sors du camion. Le vétérinaire me salue et part en direction de la ville. Je n'arrête pas de pleurer aujourd'hui, je suis trop émotive. Il va falloir que je me ressaisisse sinon je risque de perdre tous mes moyens lors des épreuves qui ne vont pas tarder à commencer.

****

Les chevaux commencent à sortir des boxes pour aller vers les lieux destinés aux épreuves. Nolan me lâche la main et part en direction du box de Sloan. Je le suis et me retrouve face à Céline qui me bloque l'accès.

— Oh ! Quel dommage que tu ne puisses plus concourir ! ! J'aurais tellement voulu te battre et montrer à tout le monde que tu ne vaux rien ! ! ! Mais ton cheval est malade à ce qu'on m'a dit.
— Détrompe-toi, Céline. Mon cheval va très bien. Pousse-toi, il faut que j'aille le sceller.

Je la pousse et elle atterrit dans le crottin de cheval, derrière elle. Elle ne supporte pas cet affront et commence à essayer d'entrer dans ma tête. Je lui bloque l'accès immédiatement. Elle rage, se relève et gronde :

— Tu vas me le payer, ton cheval ne pourra pas me bloquer l'accès à son petit cerveau. Méfie-toi, il risque de devenir fou et de te faire voler dans les airs.

Elle me tourne le dos et part avec son cheval. Je suis rouge de colère, il faut que je fasse redescendre la pression. J'entre et aperçois Sloan, il est magnifique. Il s'approche de moi et me frotte le visage avec son museau. Soudain, toute la rage qui consumait mon corps s'évapore et je le remercie. Je le guide et l'emmène vers notre emplacement pour nous préparer. Je commence par une séance de stretching qui ne dure pas plus de trois minutes, continue par un massage corporel pour activer la circulation du sang. Ensuite, je le brosse entièrement et finis par curer et brosser ses sabots. J'attrape mon tapis, où mon prénom et celui de Sloan sont gravés, pour le lui poser sur le dos. J'installe l'amortisseur de selle et pose la selle que je sangle. Pour finir, je règle les étriers et je lui mets son filet. Je lui caresse la crinière et lui embrasse le museau. Il me regarde.

« Ne t'inquiète pas, ma belle, tout va bien se passer. »

« Oui, mais j'ai peur pour toi. Elle va essayer d'entrer dans ta tête. Surtout, ne lui laisse aucune faille sinon elle va te détruire. Elle est puissante, je l'ai senti quand elle a essayé sur moi. Fais attention à ne pas te laisser manipuler. Je t'aime et je ne voudrais pas te perdre, toi aussi. »

« Moi aussi, je t'aime Léa. Je vais faire attention. Allez, on va à l'entrainement, j'en ai besoin avant d'attaquer les épreuves. »

(photo prise par Mélissa Lebon)

Une fois notre conversation télépathique terminée, je n'ai plus qu'à monter et nous partons en direction du paddock pour l'échauffement. Sloan commence par du pas actif pendant dix minutes, puis se met à trotter et à galoper sur des grands cercles. Cela permet à Sloan de faire monter sa température corporelle et de réchauffer ses articulations. Des barres ont été positionnées à gauche du paddock pour pouvoir sauter. Je dirige Sloan dans cette direction et nous sautons plusieurs fois. Ensuite, je slalome entre celles-ci et j'enchaine par des allongements pour faire travailler le cardio, en faisant un départ au trot allongé.

L'échauffement terminé, nous nous dirigeons vers les épreuves. Céline et Luc me bloquent entre leurs chevaux. Sloan hennit pour les dissuader et Nolan me divertit pour que je reste concentrée. Je reste calme, ce qui fait monter la pression de Céline, elle a les yeux rouge sang. Son père s'approche de nous et fixe Céline. Elle se décale sur la droite et me laisse passer. Son père me sourit d'un sourire effrayant, mais ce qui me gêne le plus, c'est son aura très désagréable et son odeur nauséabonde. Je sens qu'il essaie de pénétrer dans ma tête, toutefois, je ne lui en autorise pas l'accès. Je le repousse en le fixant du regard, lui souris et pars vers ma famille. Il sait qui je suis, je l'ai ressenti dans sa façon de me regarder.

(photo prise par Mélissa Lebon)

CHAPITRE 12

<u>Léa</u>

Je m'avance pas très rassurée, vers la première épreuve avec Sloan. Soudain, une jeune demoiselle, qui n'est autre qu'Amalya, saute à la tête de mon cheval. Sloan recule en hennissant, Amalya se rend compte qu'elle a été trop brusque. Elle s'approche plus lentement et lui caresse le museau.

— Il est beau, ton cheval ! ! ! Il ne fait pas partie de l'écurie, si ?
— Coucou, Amalya. C'est Sloan, un nouvel étalon qu'on a acheté il y a quinze jours environ.
— Mais je pensais que l'écurie était en faillite !!!
— C'est mon père qui me l'a acheté, il est à moi.
— Ah ok, ton père l'a bien choisi, il est magnifique. J'ai hâte de vous voir sur les épreuves. Bonne chance, Léa.
— Merci, Amalya. On se voit après.

Elle m'envoie un baiser et rejoint Seb dans les estrades.

Tous les participants sont prêts. Je me place à côté d'un cavalier qui représente les écuries du père de Céline. Il me lance un regard mauvais, je lui souris de toutes mes dents et tourne la tête dans le sens opposé. Nous avons trois épreuves à passer, une épreuve de sauts d'obstacles, une épreuve de dressage et une épreuve spécifique, le cross.

Le présentateur commence à énumérer tous les noms des cavaliers et de leurs chevaux. Il explique le déroulement du concours et termine en remerciant tous les sponsors et les participants. Un bruit strident sort des enceintes, le concours peut commencer. Nous sortons de la carrière et Céline commence par l'épreuve de sauts d'obstacles, elle fait un sans-faute. Allez, il ne faut pas que je me déconcentre. C'est à nous, ensuite. Céline sort et me laisse la place, elle me lance un regard rouge et me dit bonne chance avec son sourire malsain. Quelle garce ! ! !

La cloche retentit, Sloan se lance. Nous passons le premier obstacle assez rapidement et ainsi de suite. Soudain, Sloan fait un écart, je lui demande ce qu'il se passe cependant, je n'ai aucune réponse. Je le remets sur le chemin et continue. Il ne nous reste qu'un saut. Je lui caresse la crinière en lui parlant pour qu'il reste concentré sur ma voix et non sur cette démone qui doit essayer d'entrer dans son crâne. Le dernier saut est splendide, Sloan s'arrête et tourne la tête dans ma direction, une larme coule sur sa joue. Que se passe-t'il ? Je vais la tuer ! !

Je me dirige vers les boxes pour avoir plus d'intimité avec Sloan, mais surtout m'éloigner de Céline. Je descends et le regarde.

« Comment tu te sens, Nolan ? »

« C'était horrible, j'ai mal au crâne. »

« Elle a essayé d'entrer dans ta tête, c'est ça ? »

« Oui, elle est très puissante, j'ai résisté, mais à un moment, j'ai eu l'impression qu'elle n'était pas toute seule. Par contre, cette présence était différente, elle m'aidait à résister à l'affront de Céline. Je n'aurais jamais pu lui résister si elle ne m'avait pas aidé. Elle l'a repoussée, hors de moi. J'ai le sentiment de connaitre cette personne, c'est assez étrange. Sa présence m'a rassuré de suite et je l'ai laissée gérer Céline, qui a trouvé une personne plus forte qu'elle. Je ne les sens plus, ni l'une ni l'autre. Elles sont parties mais j'ai mal au crâne. Tu crois que le doliprane marche sur les chevaux ! ! ! »

« Je ne pense pas. Ça va passer, tu vas guérir vite. Si elle recommence, fais-moi un signe, s'il te plait. J'ai vraiment eu peur. Ne pas savoir ce qu'il se passe, c'était horrible. Je t'aime, mon amour. »

« Moi aussi, je t'aime. Allez, on y retourne, il nous reste deux épreuves. »

Sauts d'obstacles (photo prise par Mélissa Lebon)

****

L'épreuve du dressage se passe sans difficulté, nous avons eu un très bon score, nous avons été parfaits. Céline n'a pas fait son apparition depuis les sauts d'obstacles. Nolan pense que le combat entre les deux personnes dans sa tête l'a mise hors service pour un moment. Il l'a sentie épuisée quand elle a quitté son corps. Je descends de cheval et je vais le préparer pour le cross. Chloé et Romain courent vers nous. J'ai un peu de temps devant moi, je vais pouvoir me détendre en discutant avec eux.

— Tu as assuré, c'était magnifique, me dit Chloé.

Sloan hennit et Chloé s'excuse en lui caressant le museau.

— Excuse-moi, vous avez été très bons tous les deux. J'ai aperçu Céline, elle n'a pas eu un bon score lors de la seconde épreuve. Elle avait l'air malade. Je ne sais pas ce qu'il s'est passé, mais tant pis pour elle.
— Vous n'avez pas aidé Nolan lors de la première épreuve ?
— Non, pourquoi ?
— Il a ressenti Céline dans sa tête ainsi qu'une présence bénéfique. Elle l'a aidée à repousser la démone.
— Seule une personne de sa famille peut entrer dans sa tête lors d'une attaque de démon ! ! ! Est-ce qu'il a des oncles et tantes du côté de son père ?

Sloan secoue la tête de gauche à droite. Je réponds à Chloé que non.

— Ce n'est pas possible autrement. On en parle ce soir, car le père de Céline arrive dans notre direction.

— Oui, ce soir. Je ne l'aime pas, il est pire que sa fille.

Je sens sa présence dans mon dos. Il me bouscule pour se mettre au milieu de notre groupe. Il s'approche un peu trop de Sloan donc j'interviens avant qu'il ne le touche.

— Reculez de suite sinon vous allez avoir affaire à moi ! !
— Tu ne me fais pas peur, petite sorcière. Tu n'es pas assez puissante pour me faire quoi que ce soit.

Il s'approche dangereusement de mon cheval. Je monte le ton pour l'intimider.

— Reculez, c'est mon dernier avertissement.

Il tend la main vers son museau et je lui envoie une boule d'énergie dans le dos avant qu'il n'atteigne sa cible. Il s'écroule et se retourne difficilement pour me faire face.

— Tu n'aurais jamais dû m'attaquer, je vais te faire payer ton affront.
— C'est quand vous voulez ! ! !

Ma cousine, Romain et Sloan se positionnent à mes côtés. Nous sommes prêts à nous battre contre ce parasite. Il lève la main vers son visage et une boule d'énergie noire apparait. Il marmonne des mots incompréhensibles. Tout à coup, Chloé, Romain et Sloan se retrouvent au sol, incapables de bouger. Le démon me regarde et rigole tout en me parlant.

— Tu es toute seule, maintenant. Vous vous croyez plus fort que moi, mais vous avez tort. Je vais vous tuer un par un en commençant par ton amoureux Nolan, ou devrais-je dire Sloan, ton cheval ! ! !

— Tu n'as pas intérêt à leur faire du mal ! ! ! C'est moi qui vais te tuer.

Il se marre de plus belle et essaie de m'atteindre avec sa boule de feu que j'intercepte au creux de ma main. Je la lui renvoie et l'atteins directement à l'abdomen. Il se plie en deux en grognant. Chloé arrive à se dégager de son emprise, car mon attaque l'a déstabilisé et l'a rendu plus faible. Il se matérialise dans mon dos et m'attrape par le cou pour me faire flancher. Je me concentre et arrive à lui faire lâcher prise en l'envoyant valser contre la porte en bois de la grange, qui se fracasse sous la puissance du choc. Soudain, une brume épaisse s'échappe de celle-ci et une chose étrange en sort. Le père de Céline se montre sous son vrai jour, il a le visage d'un homme, mais n'a pas de corps. Une espèce de volute va de son cou jusqu'au sol. C'est très impressionnant, son aura a triplé d'intensité. Ma marque me brule et me déconcentre un petit moment, ce qui permet à ce monstre de me propulser dans les airs. J'atterris sur une botte de foin au fond de l'écurie. La chose me regarde et se rapproche. Ma cousine court vers moi en criant, il l'observe, sourit et l'éjecte au dehors. Il bloque l'accès à toutes les personnes extérieures. Je suis seule avec lui, il le sait et il va me faire payer mon affront. Je réunis toutes les forces qu'il me reste et lui envoie plusieurs boules d'énergies. Elles lui traversent le corps. Il se marre, continue d'avancer et un bras sort de la fumée pour m'attraper le cou. Il me soulève, rapproche sa tête de mon oreille et murmure :

— Je vais te laisser la vie sauve, aujourd'hui. Mais demain si je croise l'un de vous, je le tue. M'as-tu bien compris ?
— Oui, très bien...

La porte explose et mon père apparait aux côtés de mes tantes.

— Lâche ma fille, démon ! ! !

Il se retourne en me tenant toujours par le cou. Je suis paralysée, j'essaie de lui mettre des coups de pied, cependant je vise dans le vide. Je me fatigue pour rien, seulement sa tête est matérialisée.

— Je la lâche, si vous me laissez partir. Il y a beaucoup de monde dehors et je suppose que vous ne voulez pas qu'ils sachent pour nous, le monde obscur ?
— Tu la laisses redescendre et nous te laissons partir, aujourd'hui ! ! !

Il me laisse tomber, j'atterris sur mes genoux et Sloan me fait grimper sur son dos. Il met des coups de sabots dans la brume pour montrer son mécontentement. Il m'emmène vers ma famille qui surveille ses arrières. Le père de Céline a retrouvé son apparence humaine et sort par l'arrière. Je descends de cheval et mon père me prend dans ses bras.

— J'ai eu très peur pour toi, ma puce.

Il m'embrasse sur le front et des larmes coulent sur mes joues quand mes tantes nous enlacent. J'ai eu si peur et je viens de me rendre compte que je ne suis pas prête à me défendre en cas d'attaque par un démon.
Mes tantes ont peut-être raison quand elles disent qu'il faut que j'aille m'entrainer à l'Institut. Je me libère et leur dis :

— Il reste encore l'épreuve de cross, je ne laisserai pas Céline gagner. Allons nous préparer, nous avons perdu assez de temps comme ça.

— Tu as raison, allez tout le monde au boulot.

Nous sortons de l'écurie et nous dirigeons vers la forêt où débute l'épreuve. Mon père ne m'abandonne plus, il est collé à moi. Mes tantes sont un peu plus loin derrière nous avec Chloé et Romain. Ils se disputent, car ma cousine ne trouve pas normal que l'on ne puisse pas se servir de nos pouvoirs alors que les démons ne se gênent pas. Je ne me mêle pas de leur conversation, car je l'ai déjà eue avec mon père, il y a quelques temps et je connais la réponse.

Père de Céline

CHAPITRE 13

<u>Léa</u>

Nolan essaie de me détendre malheureusement, je n'y arrive pas. J'ai eu tellement peur tout à l'heure, ce démon est très puissant. Nous nous dirigeons vers les autres concurrents et le présentateur nous appelle Sloan et moi. Nous nous mettons sur la ligne de départ et c'est parti. Sloan avance rapidement, je suis très indisciplinée. Heureusement que Sloan assure, car je n'ai plus gout à terminer ce concours.

« Léa, ressaisis-toi. Je ne peux pas faire le cross tout seul. Concentre-toi, mon amour. Il ne peut plus t'atteindre, on est là. »

« Oui, je sais, mais j'ai eu très peur pour vous et j'ai perdu tous mes moyens. Mon père a raison... »

« De quoi tu parles ? »

Je ne lui réponds pas et me motive, je fais partir Sloan au galop. Je laisse mes soucis de côté et me concentre sur la dernière épreuve. Son père a voulu m'intimider, mais je ne me laisserai pas faire ! ! !

<u>Nolan</u>

Léa ne me répond plus, je sens qu'elle s'est ressaisie, car elle a pris le pouvoir sur Sloan. Par contre, j'ai du mal à comprendre sa dernière phrase. Je lui demanderai quand je ne serais plus en étalon. Nous franchissons la ligne d'arrivée avec un score qui nous classe dans les trois premiers. Céline fait partie du classement ainsi que Luc. Je me dirige vers les boxes pour me métamorphoser. Une fois nu, Léa m'envoie mon short et mon t-shirt au visage en rigolant. Elle n'est pas gênée, mais moi si. Je m'habille rapidement et nous rejoignons toute la troupe. Je ne voudrais pas me retrouver en face-à-face avec le père de Céline étant donné que nous ne pouvons pas agir devant les humains. Nous arrivons dans la carrière où un podium a été installé pour la remise des prix. Les juges sont en train de délibérer. Ma mère me fait signe de la main, j'embrasse Léa et me dirige vers elle. Elle me serre contre elle et me parle.

— Je suis déçue que tu n'aies pas concouru, tu les aurais tous battus.

Si elle savait. Cela m'ennuie de lui mentir tous les jours depuis mes seize ans. Enzo dit que c'est pour sa sécurité. Les humains ne doivent pas être au courant que les démons, les métamorphes, les sorciers existent. Certaines personnes sont devenues folles et internées jusqu'à la fin de leur vie, car le sort d'oubli ne marchait pas sur eux. Je ne voudrais pas de cette vie pour ma mère.

— Je te laisse, maman, je vais attendre les résultats auprès de Léa.
— En parlant de Léa, son cheval était magnifique. Ils sont vraiment bons tous les deux, bien en osmose. Je termine dans dix minutes et je vous rejoins. À tout à l'heure, mon cœur.
— Arrête de m'appeler comme ça ! ! !

Sloan

Céline m'interpelle sur le chemin du retour néanmoins, je continue d'avancer. Soudain, une force invisible m'empêche de faire un pas de plus. Je la sens juste derrière moi à ricaner. Elle me contourne et lève la main en direction de ma joue, j'essaie de reculer, mais mon corps ne m'écoute plus. Je suis paralysé, elle rapproche ses lèvres des miennes, je peux sentir son souffle sur ma bouche. Je me concentre et commence à bouger les doigts puis la main et tout mon corps se relâche. Je fais deux pas en arrière et la retiens par le torse pour l'empêcher d'approcher. Elle est éberluée que je me sois dégagé aussi facilement.

— Qu'est-ce que tu me veux, Céline ?

— Tu n'as pas compris ? C'est toi que je veux. Léa ne vaut rien, je te veux et je t'aurai ! ! !

— Tu rêves, ma pauvre, je ne t'ai jamais aimée et ce n'est pas maintenant que je sais qui tu es que je vais t'aimer ! ! ! Bouge, sinon je risque de m'énerver.

J'entends des pas dans mon dos, le vent souffle et des effluves de rose m'arrivent au nez.

— Touche encore une fois à mon copain et je t'étripe, démone ! ! !

— Bouh ! J'ai peur, hahahahah....

— Ça te fait rire ! ! ! Je te préviens ne t'approche pas de lui ou je te tue !

Elle me fixe, ses yeux sont rouges et je ressens toute la rage qui la ronge de l'intérieur. Léa avance vers Céline quand soudain, deux loups apparaissent à ses côtés. Je regarde autour de nous, elle nous a fait reculer jusqu'à la lisière de la forêt. Nous ne sommes que tous les deux et eux sont trois. Léa m'observe et essaie de me montrer quelque chose avec les yeux.

« *Est-ce que tu sais te battre, Nolan ?* »

« *Oui et non, ton père m'a montré quelques mouvements pendant tes journées shopping avec Amalya.* »

« *Il faut que tu te métamorphoses, tout de suite, pendant que je les retiens. Tu auras plus de force en étant étalon. Les loups sont des métamorphes. Vas-y, maintenant.* »

Je me concentre et vois mes mains et mes pieds devenir des sabots. Je ne me rends plus compte de ce qu'il se passe à côté de moi pendant quelques minutes. Quand je suis complètement métamorphosé, Léa retient les loups dans les airs, grâce à son pouvoir télépathique, tandis que Céline en profite pour lui sauter dessus. Je réagis plus vite qu'elle et lui assène deux coups de sabots d'affilée, ce qui l'éjecte contre le tronc d'un arbre. Elle secoue la tête et se relève en courant vers moi. Une boule de feu se forme dans sa main et m'atteint en pleine poitrine. Je me retrouve propulsé dix mètres plus loin avec une difficulté à respirer. Léa panique et relâche, sans le vouloir, les deux loups qui courent dans sa direction. Je me relève et galope, le plus rapidement possible, tout en sachant que je ne pourrais pas arriver à temps pour la protéger. Tout à coup, un dôme se forme autour d'elle avant que quiconque ne l'atteigne. Léa se lève et parle à ses monstres.

— Vous n'arriverez pas à m'atteindre par contre, moi, je peux tous vous tuer d'où je suis.
— Tu n'oseras pas te servir de la magie, ton père te l'interdit, sorcière.
— Mon père, comme tu le vois, n'est pas là ! ! !

Les loups grognent, tournent autour du dôme et l'un d'eux saute dessus. Il fait un bond de cinq mètres et ne se relève pas.

— Au cas où tu t'inquièterais pour lui, il n'est pas mort, il est juste inconscient. Je ne suis pas obligée de tuer tes sbires, par contre, toi, je n'attends que ça. Le loup, tu peux encore partir !

« Grrrrrr, dans tes rêves. Je vais te tuer en te broyant le cou avec mes dents, grrrrr. »

— Comme tu veux ! ! ! Je t'aurais prévenu.

Léa me demande de m'allonger au sol pour éviter qu'elle ne me blesse, je ne sais pas ce qu'elle va faire, mais je l'écoute attentivement. Une lumière blanche grandit à l'intérieur du dôme, elle le remplit et sort d'un coup en formant une tornade qui embarque avec elle, Céline et les deux loups. Le dôme disparait et je galope vers Léa. Elle grimpe et nous partons vers la carrière. En y arrivant, les jeunes cavaliers nous applaudissent en nous faisant avancer vers le podium. Je ne comprends pas de suite ce qu'il se passe, jusqu'à ce que le présentateur fasse monter Léa sur la marche numéro un. Il explique que Léa et moi-même avons remporté le concours avec un score qui dépasse largement celui des deux autres concurrents. Céline est arrivée quatrième, elle a échoué lors de l'épreuve de dressage. En revanche, je ne sais pas où Léa les a envoyés, mais Céline n'est pas là pour récupérer sa médaille. Ma mère me caresse le museau en me chuchotant des petits mots gentils. Elle me ramène doucement vers les écuries et m'enferme dans mon box. Elle me dit au revoir et part rejoindre les autres. Je passe la tête en dehors du box pour observer dans le couloir et recule pour me métamorphoser, car personne n'est là. J'ouvre la caisse à ma droite et sors des vêtements. À cette allure, ma mère va devoir me racheter une nouvelle garde-robe. Je m'habille et sors discrètement pour rejoindre Léa et les autres à la clairière.

Céline et les loups

CHAPITRE 14

<u>Léa</u>

La mère de Nolan le ramène dans son box, si elle savait que c'était son fils, elle ferait surement une attaque. Après, c'est compréhensible, comment faire comprendre à des personnes qu'un monde obscur existe en parallèle du leur. Ils ont été conditionnés dès leur jeune âge à une vie normale. Elle revient et me prend dans ses bras pour me féliciter.

— Tu as été super ! Ton cheval et toi étiez magnifiques. Au dressage, ce fut un moment de pure merveille. Je n'ai jamais vu une cavalière aussi bien assortie à son étalon. C'était magique. Je me suis permise d'aller mettre ton cheval dans son box. Il écoute très bien, il m'a suivi jusque là-bas sans que je ne le tienne. Ton père a eu du flair, il a acheté un cheval très bien dressé.
— Merci, c'est gentil. Sloan est très fort, il a un potentiel énorme.

J'entends des pas dans mon dos, je me retourne et me retrouve face au plus beau jeune homme de la planète.

— Ah ! Nolan, je t'attendais. Ta mère adore mon cheval, elle le trouve très bien dressé.

Je lui fais un clin d'œil et lui souris. Il m'envoie un regard furieux, mais amoureux deux secondes plus tard.

Sa mère se retourne et le prend par le bras pour l'embarquer avec elle, je ne sais pas où. Elle crie pour que tout le monde l'entende.

— Si tout le monde est là, nous allons pouvoir préparer la grange pour la fête de ce soir.
— Quelle fête ? S'étonnent mon père et mes tantes.
— C'est la tradition, dans notre région, le gagnant organise une fête le soir même. Donc, au boulot ! !

Quand Nolan ouvre les portes de la grange, plusieurs personnes s'activent à mettre en place les décorations, les tables pour le buffet et surtout, les enceintes avec les platines. Je ne suis pas motivée à danser, j'irais plus dans mon lit. Je suis épuisée, cette journée a été très longue. Nolan me prend par la taille et m'embrasse dans le cou.

— Tu devrais aller te laver, tu pues le cheval ! ! !
— Tu rigoles, j'espère ! C'est ton odeur que j'ai sur moi.

Je lui mets un coup de coude dans le ventre, il recule en feignant une douleur atroce et explose de rire. Amalya et Seb ne se lâchent plus, ils sont en train d'installer le buffet avec le traiteur. Chloé s'applique à poser une guirlande avec Romain, je penche la tête sur la gauche pour voir la guirlande, à peu près droite. Elle me repère et me jette le scotch au visage. Elle descend de son échelle et m'attrape par le bras pour m'emmener à la maison où nous allons pouvoir nous préparer. Elle appelle Amalya qui laisse tout dans les mains de Seb pour nous rejoindre rapidement. Les garçons, eux, partent chez Nolan.

 Rose Celtic (photo prise par Mélissa Lebon)

Arrivées chez moi, papa est dans le salon avec Luna et Léana, ils sont au téléphone avec mon oncle. J'écoute discrètement la conversation, même si je sais que mon père m'a repérée à l'instant où j'ai franchi le seuil de la porte. Il parle de Céline et de son père. Selon les archives, beaucoup de personnes auraient disparu dans cette région. Essentiellement des jeunes entre seize ans et vingt-cinq ans. D'après Roy, cela dure depuis plus de vingt ans. Cependant les démons en cause ne se sont jamais fait prendre, sauf une fois l'an dernier quand le père de Nolan les a contacté. Mon père m'ordonne de monter et mes tantes se retournent avec entrain, elles ne m'avaient pas entendue. Je suis très forte à ce jeu, il n'y a que mon père pour me sentir à mille kilomètres. Je rejoins les filles dans ma chambre. Chloé fouille dans mon placard et sort une robe noire en satin avec une fente au niveau de la jambe gauche.

D'où est-ce qu'elle sort cette robe, je n'ai que des pantalons et des pulls dans mon dressing. Elle la tend à Amalya qui part de suite dans la salle de bain pour l'enfiler. Elle en sort une autre, dorée, assez courte avec un dos nu et un décolleté d'enfer. J'espère que ce n'est pas pour moi ! Elle se place devant le miroir et s'observe.

— Au top, celle-ci est pour moi.
— Ouf ! ! !
— Arrête, elle est trop canon.
— Oui, si tu le dis !

Chloé met la robe sur le lit et me regarde de haut en bas. Elle cherche dans l'armoire et me montre une robe rouge sang avec des paillettes au niveau du buste qui est assez décolletée, mais pas vulgaire. La robe est courte mais avec des tulles qui la font paraitre plus longue. Je fais non de la tête, mais elle ne cède pas. Elle me donne une paire d'escarpins noirs pailletés.

— Va te changer et pas de non avec moi. Tu n'as pas le choix, c'est ton dernier soir ici, alors on va en profiter à fond ! ! !
— Comment ça, c'est ton dernier soir ? Tu as oublié de me dire que tu partais ! ! ! Je pensais être ta copine.

Amalya est vraiment vexée, je lance un regard sévère à Chloé qui m'envoie un désolé muet et part dans la salle d'eau se changer. Je m'assois à côté d'elle sur le lit et lui parle.
— Avec cette journée de fou, je n'ai pas eu le temps de t'en parler. Mon père veut m'envoyer dans le lycée de ma cousine. Jusqu'à maintenant, je ne voulais pas laisser mon père tout seul car j'avais peur pour lui. Cependant, je n'ai plus le choix, je suis obligée de suivre mes tantes et ma cousine, demain. Mais je reviendrai pour les vacances

scolaires.

— Tu vas où ? Je pourrais venir te voir ?

— Non, désolée, tu ne pourras pas venir. C'est à Boston, ça fait un peu loin !

— Ah oui, quand même, Boston ! ! ! Tu l'as dit à Nolan ?

— Non, pas encore ! Ne lui dis rien, s'il te plait. J'aimerais lui parler tout à l'heure, après la soirée.

Une larme s'échappe et coule le long de ma joue, Amalya lève son regard tout humide sur moi et on se prend dans les bras mutuellement. Je me laisse aller et Chloé nous rejoint en s'affalant sur nous. Elle nous écrase sur le lit en ébouriffant nos cheveux.

— Assez pleuré, on se lève et on se prépare pour cette super soirée où de la bonne musique et plein de jolis garçons nous attendent.

On se marre et je pars dans la salle de bain me doucher et m'habiller.

Une fois prête, je sors et me retrouve face à deux filles immobiles et sans voix.

— Qu'est-ce qu'il se passe, vous avez vu un fantôme ? La robe ne me va pas ? Je n'ai pas l'habitude, donne moi un jean et un pull, ça fera l'affaire ! ! !

Ma cousine percute enfin et me répond du tac au tac :

— Tu es folle ! ! ! Tu es magnifique, tourne un peu pour voir.

Je me prends au jeu et tourne sur moi-même. La robe est splendide, à chaque tour, on peut apercevoir une trainée de strass assez brillante mais discrète à la fois. Elle m'entraine vers mon bureau pour me maquiller et me coiffer. Amalya est aux anges, elle fait quelques anglaises qui retombent sur mes épaules pendant que Chloé parfait le maquillage en mettant une touche de gloss sur mes lèvres. . Une fois terminé, elles m'emmènent vers le placard du dressing où je peux m'admirer entièrement dans un grand miroir. Amalya me cache les yeux pendant que Chloé met en place la glace. Elles comptent jusqu'à trois et Amalya enlève ses mains. J'ouvre les paupières et m'examine. J'ai du mal à reconnaitre la femme qui se trouve en face de moi, ce n'est pas moi ! ! J'ai l'impression de revenir douze ans en arrière lorsque ma mère se préparait pour aller à des soirées mondaines avec mon père. Je lui ressemble comme deux gouttes et cette robe, elle lui appartenait. Je suis splendide, je n'arrive plus à parler.

— Tu es magnifique Léa.
— Tu rigoles, c'est un canon ma cousine. Allez maintenant que tout le monde est prêt, on se bouge, les garçons vont nous attendre.

Nous prenons notre sac à main et descendons les marches des escaliers. Mon père me regarde, je vois de la tristesse, mais aussi plein de fierté dans son regard. C'est assez contradictoire.

— Tu es magnifique, mon ange. On dirait ta maman. C'était sa robe lors de notre dernier bal, avant que...

Je plonge dans ses bras en essayant de ne pas pleurer. Mais c'est trop dur, une larme m'échappe. Il l'essuie et m'embrasse le front tendrement.

— Je t'aime ma puce, ne l'oublie jamais.

— Moi aussi, je t'aime, papa.

— J'ai un petit cadeau pour toi avant que tu ne rejoignes tes copines. Tu peux te retourner ?

Je lui tourne le dos et il m'accroche un collier de perles autour du cou. Je me penche pour le voir de plus près, il est splendide.

— Il appartenait à ta mère, il est simple mais tellement beau. Garde-le précieusement, elle aurait été heureuse que tu le portes, ce soir. Allez rejoins tes amies, elles s'impatientent. Passe une bonne soirée, par contre, si tu as le moindre souci, préviens-moi. N'essaie pas de gérer la situation toute seule, comme cet après-midi, d'accord ?

— Oui, papa. Je t'appelle si besoin. Merci pour le collier, il est magnifique.

Il me serre une dernière fois dans ses bras et me laisse rejoindre les filles qui m'attendent sur le perron. Elles me prennent chacune un bras et nous descendons les quelques marches en chantant la dernière chanson de Lady Gaga.

Léa

CHAPITRE 15

<u>Nolan</u>

Nous arrivons devant la grange, je cherche Léa dedans, mais je ne la vois nulle part. Elle doit être encore chez elle. Les filles sont plus longues à se préparer, apparemment. Je rentre accompagné de Romain et Seb, la musique bat son plein et les jeunes dansent sur la piste improvisée. La chanson phare d'Aya Nakamura est diffusée par les grosses enceintes, de chaque côté de la salle. Romain suit le mouvement et se déhanche sur la piste. Seb, plus timide, se contente de bouger de droite à gauche à côté du buffet. J'attends à côté de lui que les filles arrivent. La chanson change, Avant toi de Slimane et Vitaa se diffuse dans la salle. Soudain, la porte s'ouvre et elle apparait devant mes yeux. Elle est éblouissante, la chanson parle d'âme sœur et bien, c'est mon âme sœur, ma vie. Mon cœur accélère son rythme, j'ai l'impression qu'il va sortir de ma poitrine. Elle s'approche, elle ressent tout l'amour que j'ai pour elle et vice-versa. J'ai compris une chose depuis que je l'ai rencontrée, c'est que peu importe la distance, je pourrais ressentir ces émotions, qu'elles soient positives ou négatives. C'est un plus des âmes sœurs. Elle me prend la main et m'invite à la suivre au milieu de la foule. Je la prends par la taille et me déhanche lentement, avec elle. Je m'approche de son cou et sens son parfum qui fait chavirer tous mes sens. Je suis au paradis. Je lui embrasse le cou et remonte sur ses lèvres pulpeuses.

La musique s'arrête et un cri strident retentit, dans la salle. Tous les humains s'effondrent au sol, inconscients. Léa se baisse pour prendre le pouls du plus proche de nous, elle me regarde et me fait signe que tout va bien. Elle se relève et je vois la peur dans son regard. Je me retourne et aperçois Céline, son père, Luc et un autre footballeur dont je ne connais pas le prénom, à l'embrasure de la grande porte. Je regarde autour de nous, il ne reste que Chloé, Romain, deux cavaliers du concours de cet après-midi, Luna, Léa et moi. Nous sommes plus nombreux, mais nous n'avons jamais combattu de démons sauf Luna qui prend les choses en mains.

— Mettez-vous derrière-moi et Léa contacte ton père, s'il te plait.
— Ok.

Chloé et Romain se transforment en tigres, tandis que les footballeurs deviennent des loups, c'était donc eux les loups ! Le démon montre sa vraie apparence et la pièce se remplit de fumée. Heureusement que nous avons une bonne vue sinon nous n'apercevrions personne. Je soulève les humains avec Léa pour les entreposer au fond de la grange. Luna a un voile d'énergie blanc autour d'elle. Je sens une puissance phénoménale sortir de son corps svelte. Il change et un puma apparait devant mes yeux, elle est magnifique, d'une telle beauté. Léa me met un coup de pied dans le tibia, je me retourne et une petite boule d'énergie m'atteint en pleine face.

« Tu es jalouse, ma belle. Tu sais que je n'aime que toi. »

« C'est plus fort que moi, alors arrête de me faire rager comme ça. »

« Concentrez-vous, les enfants et toi transforme-toi, tu seras plus fort pour les combattre. Léa, tu restes à l'écart, il ne faut pas qu'ils te fassent du mal, ok ? »

« Oui, bien sûr, je vais rester sur le côté pendant que vous vous faites massacrer ! ! ! Tu as raison ma chère tante ! »

« Fais ce que je te dis, Léa !»

Je me transforme en étalon et les loups se jettent sur nous.

Léa

Si ma tante croit que je vais les laisser se battre sans moi, elle peut rêver. J'essaie de faire un pas mais rien ne se passe, je suis bloquée. Elle se retourne et m'interpelle.

« Je t'ai demandé de ne pas bouger, écoute mes ordres. Ce n'est pas un jeu et si tu meurs, ce sera une perte immense pour notre monde. Écoute-moi, pour une fois, Léa. »

Je lui fais oui de la tête. De toute façon, je suis coincée. Elle se tourne vers le démon et commence un combat trop rapide à mes yeux pour que je suive qui à la main sur l'autre. Je cherche Nolan, il est devant en train de se battre avec Céline. Il lui met des coups de sabots, cependant, son corps est fait de brume à elle aussi. Il faut qu'il vise la tête pour l'atteindre. Elle est très rapide, mais seule, c'est un avantage pour notre groupe. Les deux cavaliers sont des sorciers, ils l'atteignent au visage, grâce à des boules de feu. Je vois que ces forces diminuent, car son corps réapparait doucement. Ils ont trouvé la bonne méthode. J'entends ma cousine rugir, un des loups lui mord le flanc droit, elle s'écroule et je ne peux l'aider. J'essaie de prévenir ma tante, mais elle est trop concentrée sur son combat. Je cherche un moyen de l'aider, je réfléchis et une idée me vient. Je me concentre et me matérialise sur le loup, il grogne en sentant ma présence et lâche sa prise, qui n'est autre que ma cousine pour me mordre moi. Il n'a pas le temps de m'atteindre, car je suis retournée à ma place. Chloé a pris le dessus sur lui et lui mord le cou. Elle serre si fort que le loup perd connaissance. Un de moins. Les sorciers l'attachent à une poutre.

Romain joue avec le second loup, on dirait qu'il a fait cela toute sa vie. Il esquive toutes les attaques et le touche à chaque fois. On voit que Luc est épuisé néanmoins, il ne cède pas. Chloé s'en mêle et le combat se termine en très peu de temps. Soudain, je ressens une douleur intense au niveau de la poitrine, je me retourne et examine la pièce pour trouver Nolan. Je ne le vois pas, la porte d'entrée est fracassée. Je rampe comme je peux jusqu'à l'entrée, car j'ai très mal. Je ne peux presque plus respirer. Qu'est-ce qu'il m'arrive ? J'atteins l'extérieur et distingue une forme au sol. Céline est penchée au-dessus de cette dernière, avec un morceau de bois pointu provenant de la porte. Elle l'enfonce tout doucement dans la poitrine de... Sloan. Il est dans l'incapacité de se déplacer car un sorcier, qui se trouve à côté de Céline, l'immobilise à terre. Il faut que je fasse abstraction de cette douleur et que j'aille l'aider. Je me redresse comme je peux et crée une boule d'énergie pour l'envoyer dans la tête du sorcier. Il tombe à la renverse et Sloan se dégage. Il a une plaie béante sur le torse. Il se relève et se cabre pour envoyer valser Céline dans les airs. Elle se cogne la tête sur un rocher et reste un moment inconsciente. Nolan examine l'étendue des blessures de Sloan et m'observe. Il se métamorphose en homme et ses blessures se sont volatilisées. Ma douleur a disparu comme elle est apparue. Il guérit très vite, c'est exceptionnel.

Mon père et ma tante Léana arrivent, elle saute sur Céline et rugit pour lui interdire de bouger. Mon père rejoint ma tante Luna à l'intérieur. Il me demande, par télépathie, de le suivre. Je reste derrière lui. Tout à coup, Luna atterrit à ma droite et explose le peu de porte encore debout. Mon père se rue sur le père de Céline en lui assénant des coups au visage. Il est si rapide, je ne l'ai jamais vu se battre comme cela. C'est impressionnant.

Le démon arrive à atteindre mon père au ventre, il se plie en deux et il l'attrape par le cou en le soulevant dans les airs.

— Vous n'êtes que des insectes, pour moi. Je vais vous écraser, un par un. Cela fait dix ans que je prépare ma vengeance contre votre famille, je vais tous vous détruire.

Il continue à serrer son cou. Je l'appelle, il tourne le visage dans ma direction.

« Je t'aime, ma puce...... Quoi qu'il arrive, n'oublie jamais cela. »

Je ne peux pas laisser ce démon tuer mon père. Je m'approche en tremblant et l'appelle :

— Et toi le démon tout moche, retourne-toi et attaque quelqu'un de ta tranche ! ! !

Il me fait face sans le lâcher. Mon père commence à être bleu au visage, je vois bien qu'il ne peut plus respirer.

— Tu n'es qu'une vermine, si tu crois pouvoir me battre, tu te trompes. Seule ta tante à le pouvoir de me tuer, mais elle mange la poussière en ce moment, comme tu peux le constater.
— Lâche mon père et bats-toi contre moi ! ! !

Il se marre et retire les doigts de son cou. Mon père tombe inconscient à ses pieds. Il ne respire plus, j'appelle Romain et Chloé qui prennent le relai. Ils l'emmènent à l'extérieur pour lui faire les gestes d'urgences. J'observe toute la scène qui se déroule plus loin et me rends compte que le démon n'est plus en face de moi, mais..... derrière moi.

Il me retourne et m'attrape par le cou. J'essaie d'empêcher ses mains de m'atteindre, mais c'est peine perdue, il est beaucoup plus fort que moi. Je suis censée être la Fermière, comment faire pour me servir de mon pouvoir. Je l'examine, ma tante a dû le mordre plusieurs fois pour lui injecter son venin, pourtant il est toujours vivant. Je réfléchis, je réfléchis, mais réfléchir sans air cela est très compliqué. Je tends mon bras vers son visage, pose ma paume sur son front et je sens une brulure qui me fait enlever la main. J'aperçois ma marque sur son front et sur ma paume. Son visage est crispé, je pense avoir trouvé la solution. Je la repose avant qu'il ne comprenne mon geste et reste appuyée jusqu'à ce qu'il me lâche le cou, tombe à genoux, puis que son apparence redevienne solide. Je vois la peur dans ses yeux quand il me regarde, néanmoins, je n'ai pas de peine pour lui. Il a voulu tuer ma famille et mes amis, il va mourir. Je ressens toute ma puissance traverser mon corps pour aller dans ma paume et transpercer son corps pour le détruire. Il finit par s'effondrer. Il est mort..... Je le relâche, complètement épuisée par ce que je viens d'accomplir. Les autres me regardent abasourdis.

Je me relève et pars en direction de mon père. Romain et Chloé me regardent avec de la peine dans les yeux. Je m'approche, mon père a les yeux fermés. Je m'agenouille pour être à sa hauteur, Romain s'écarte pour me laisser sa place. Je me penche pour entendre son cœur battre, entendre sa respiration, juste un mot pour me gronder. Mais rien, son corps est sans vie, son cœur ne bat plus. Pas un seul son ne sort de sa bouche. Je m'effondre sur lui, je pleure, je crie, je ne veux plus vivre. Il m'a quittée pour rejoindre ma mère et m'a laissée seule. Je ne veux pas qu'il m'abandonne, je lui crie dessus, le tape.

Nolan me prend par les épaules pour montrer qu'il me soutient, pourtant, je le repousse et leur crie de partir, que je veux être seule avec mon père. Ils exécutent ma requête et partent tous sans exception. Je m'écroule, pose ma main sur son cœur en pleurant toutes les larmes de mon corps. Je regarde son visage, il parait si calme, reposé. Il savait qu'il allait me quitter, qu'il allait partir rejoindre nos ancêtres. Même s'il a eu le temps de me dire au revoir, je ne peux pas le laisser partir, je n'y arrive pas.

Des picotements apparaissent dans ma paume, je regarde ce qu'il se passe et cette gêne est remplacée par une forte chaleur qui illumine et englobe le corps entier de mon père. Je ne sais pas ce qu'il se passe, je recule un peu sans pour autant détacher la main de ce corps inerte. Soudain, la lumière et la chaleur disparaissent, j'examine mon père, rien n'a changé excepté son teint très pâle qui a repris des couleurs. Je me penche et j'entends un souffle très léger. Je lui prends la main que je serre un peu et qu'il me serre en retour. Je relève la tête et me retrouve face à son regard bleu azur. Il me sourit, je lui saute au cou. Il me chuchote :

— Si tu veux me garder vivant plus de cinq minutes, évite de me serrer si fort, ma puce.
— Oh, oui. Pardon papa.

Je le relâche et l'aide à s'asseoir, puis à se redresser. Il récupère vite pour quelqu'un qui était mort, il y a cinq minutes. Nous nous posons au bord du lac et mon père me questionne sur ce qui vient de se passer. Je lui explique tout du début à la fin. Il s'est rendu compte qu'il avait quitté notre monde, car il a vu ma mère. Elle lui a dit qu'elle était fière de ce que j'étais devenue et ensuite, il s'est senti tiré par une force colossale en arrière pour retourner dans son corps.

Il a ouvert les yeux et m'a vu couchée sur lui. Je suis tellement heureuse qu'il soit là, avec moi. Je le prends dans mes bras et lui fait un câlin. Mon père resserre mon étreinte et me chuchote à l'oreille :

— Ma puce, j'ai oublié de te prévenir, le vétérinaire a appelé pendant que tu te préparais, Rose Celtic va mieux. Il nous la ramène, demain matin.

Je me mets à pleurer de joie et m'exclame :

— Je suis si contente, au moins cette journée se termine mieux qu'elle n'a commencé. Je vais pouvoir lui dire au revoir avant de partir.

Nous restons comme cela pendant un moment. Nous avons besoin de nous retrouver , cette journée fut exténuante.

Léa et Enzo, au bord du lac.

CHAPITRE 16

Nolan

Je suis tout le monde à l'extérieur. Nous emmenons Céline et les loups vers la maison des Donovan. Céline nous agresse, verbalement, elle se débat et essaie de se dégager sans succès. Luna est au téléphone avec son mari Roy, je l'entends parler de leur retour. Elle lui demande de commander une place en plus pour l'avion. Chloé me regarde avec tristesse. Qu'est-ce qu'il se passe ? Je ne me sens pas très bien, malgré la distance je perçois la profonde tristesse de Léa. J'interpelle Chloé avant qu'elle ne rentre dans la maison.

— Chloé, qu'est-ce que tu me caches ? Je vois bien qu'il y a un souci avec Léa. Je suis son âme sœur, je ressens toutes ses émotions et là, je peux te dire qu'elle est vraiment triste alors qu'elle vient de retrouver son père ! ! !

Elle me regarde et me tourne le dos pour franchir le seuil de la maison. Elle claque la porte pour me faire comprendre que je ne suis pas le bienvenu, maintenant. Léana m'attrape le bras et me demande de venir l'aider à gérer les humains encore dans la grange. Je la suis, avec Romain, quand soudain deux berlines noires nous stoppent dans notre progression. Des hommes vêtus de noir, nous encerclent.

Leur chef s'approche de Léana, je le reconnais, c'est son mari, Jonas. Il la prend dans ses bras, la relâche et se dirige vers nous.

— Vous avez été courageux, les jeunes. Vous pouvez rentrer chez vous, nous allons raccompagner les humains chez eux et gérer les démons.
— Maintenant que c'est fini, on nous écarte ! ! ! S'exclame Romain.

Un homme, resté silencieux jusqu'à présent, s'avance.

— Romain, tu rentres avec moi. Tu as fait ta part. On y va, ta mère s'inquiète.

Il se tourne vers moi et me parle.

— Ta mère est réveillée, raccompagne là, chez toi, Nolan. Si elle te pose des questions à propos de cette soirée, tu lui dis qu'une fuite de gaz vous a tous endormis et que tu ne te souviens de rien, une fois la musique éteinte. C'est bon pour toi ?

Je lui fais un signe de la tête pour montrer mon accord même si je ne le suis pas vraiment. J'aimerais pouvoir tout lui raconter néanmoins, c'est impossible. Je ne voudrais pas qu'il lui arrive un malheur. Je vois bien, que depuis la découverte de mes pouvoirs, rien ne va dans ma vie. C'est toujours destruction, destruction et destruction. Heureusement que Léa est là pour m'apporter l'amour dont j'ai besoin.

Je me dirige vers la maison, ma mère court dans ma direction. Elle me percute de plein fouet et pleure. Je la serre contre moi et la rassure en lui caressant le dos.

— Ne t'inquiète pas maman, personne n'a été blessé.

— Si, une personne est morte. Le père de Céline aurait fait un arrêt cardiaque. Il était si jeune ! ! !

— C'est malheureux, néanmoins, nous ne pouvons plus rien faire pour lui. Allez, arrête de pleurer et rentre te coucher, tu as besoin de te reposer.

Je l'emmène dans la maison et monte les escaliers pour l'allonger dans son lit. Je la borde et lui embrasse le front. Elle s'effondre au bout de cinq minutes. Je pars dans ma chambre et regarde par la fenêtre. Je distingue Léa et son père vers le lac, toujours enlacés. Je sais qu'ils ont besoin de se retrouver, toutefois, je me sens seul sans elle à mes côtés. J'essaie de comprendre ce que tout le monde me cache, Chloé ne veut plus me parler, ses tantes ne me disent rien et avec Léa, nous n'avons pas eu le temps de nous parler ce soir. Je me déshabille, prends une douche et me couche, car la journée fut épuisante.

****

« Mon père est là, en face de moi, il me parle cependant le son ne m'atteint pas. Je ne sais pas lire sur les lèvres, je lui demande de parler plus fort, mais lui aussi ne m'entend pas. Je m'approche et essaie de le toucher. Soudain, un mur de trois mètres s'élève entre lui et moi. Je crie et grimpe sur le mur, cependant plus je monte et plus le mur grandit. J'accélère et me transforme pour sauter au-dessus de celui-ci. Une fois de l'autre côté, mon père n'est plus là, il a disparu. Je l'appelle, le cherche partout, mais rien, c'est le néant. Tout à coup, une brume apparait devant moi et une femme ou plutôt une démone me parle.

— Vous avez tué mon mari et emprisonné ma fille. Si vous croyez que vous avez gagné, détrompez-vous. Tu vas me ramener ma fille, sinon ton père va mourir! ! As-tu bien compris ce que je viens de te dire ? Tu ne rêves pas, nous sommes dans un monde parallèle. Fais ce que je te dis et ton père te sera rendu !

— Mon père est mort, tu es une menteuse !

Je vois une grange prendre feu derrière elle. C'est ma grange !! Elle rigole, un rire diabolique. Elle le fait apparaitre à ses côtés et lui autorise à me parler.

— Je t'aime, mon fils. Tu as tellement changé en un an. Ne l'écoute pas, on ne marchande pas avec les démons, dis à Luna de renvoyer sa fille en enfer.

Elle le secoue dans tous les sens, il est si affaibli. Je dois le sauver, il faut que je trouve une solution pour lui ramener sa fille. Je lui parle en m'approchant.

— Où et quand ?

— Ah, ton fils est plus intelligent que toi. Emmène ma fille dans ma maison, tu viens seul sinon ton père est mort. Tu as compris ?

— Oui, par contre, tu ne m'as pas dit l'heure ?

— Appelle-moi dès que tu es en possession de mon bien le plus cher et je te donnerai le reste des instructions. Tu dois te lever, la journée va être difficile pour toi.

Elle se met à crier, un cri strident qui m'arrache un grognement. »

<u>Sabrina, mère de Céline</u>

J'ouvre les yeux, mon réveil sonne à tue-tête. Je l'éteins et m'assois, au bord de mon lit, tout chamboulé. Ce rêve m'a perturbé, je me lève et pars me préparer dans la salle de bain. Soudain, une voix résonne dans le couloir, c'est ma mère qui m'appelle. Vu les odeurs qui se dégagent de la cuisine, elle est en train de préparer un petit-déjeuner salé. Je sens l'odeur du bacon qui grille dans la poêle ainsi que les œufs au plat. J'observe ma mère, elle parait différente par rapport à hier. Elle est plus sereine, je m'approche d'elle, je l'embrasse. Elle me prend dans ses bras et me chuchote à l'oreille :

— Je sais tout, mon fils. Surtout, ne te fais pas de souci, je ne dirai rien.

Elle me relâche et repart à ses occupations. Je suis abasourdi, qu'est-ce qu'elle voulait dire par là ? Je mange mon assiette et pars voir la famille Donovan pour éclaircir la situation.

J'entends des cris provenant de la maison, je cours et entre sans ménagement. La porte se fracasse contre le mur pourtant, je ne réfléchis pas et monte à l'étage. Je distingue des bruits de pas dans mon dos, je suis suivi, mais mon but principal est de trouver Léa. J'ouvre la porte de sa chambre et la vois, assise sur son lit avec deux grosses valises à ses pieds, en train de crier sur sa cousine. Elle tourne la tête vers moi et reste stoïque. Pas un regard plein d'amour, aucun baiser... Je m'approche, elle lève le bras et me bloque. Je ne peux plus bouger, elle utilise sa magie pour m'empêcher d'avancer. Qu'est-ce qu'il se passe ? Je ne sais plus quoi faire, plus quoi dire ! ! !

<u>Léa</u>

C'est dur, pour moi, de réagir comme cela. Mon père pense que c'est préférable de faire comme s'il ne m'intéressait plus. Il pense que nous souffrirons moins, pourtant je souffre. Mon cœur va exploser, j'ai trop mal et le voir me regarder avec cet air de chien battu, c'est horrible. Je ne peux plus le regarder, je détourne mon regard et appelle mon père pour qu'il me vienne en aide. Je ne pourrais pas gérer la situation toute seule.

Je vois une ombre derrière Nolan, c'est lui. Il parle à Nolan et essaie de le faire descendre, il n'est pas d'accord avec mon père et force les remparts magiques que j'avais mis entre nous. Il me prend dans ses bras et m'embrasse. Je ne sais pas comment il a fait ça, toutefois, je retrouve le contact de son corps sur le mien et je ne peux rester sans rien montrer de mes sentiments. Mon corps tremble, je me blottis contre lui et je pleure. Il me serre fort, je l'aime tellement, je ne peux pas l'abandonner sans lui parler au préalable. Je fais signe à mon père et Chloé de sortir de la chambre pour être seule avec lui. Mon père ferme la porte derrière lui.

Je le fais asseoir sur mon lit et m'installe en face de lui. Il me fixe, complètement perdu dans ce flot d'émotion. Je me concentre et commence à lui parler.

— Nolan, tu sais que je t'aime de tout mon cœur, je donnerai ma vie pour toi et …. C'est pour ça que je pars avec mes tantes à Boston. Je ne veux pas risquer ta vie et depuis que je suis ici, tu as failli mourir, plus d'une fois.

— Ce n'est pas ta faute, tu ne savais pas qu'il y avait des démons dans ce coin. En plus, grâce à toi, j'ai pu apprendre plein de choses sur notre monde. Je pensais être malade, que j'allais mourir, mais non, tu m'as sauvé, mon amour, je t'aime et je ne veux pas que tu me quittes. Reste, s'il te plait.

— Je ne peux pas, il faut que je suive ma famille dans cette école et que j'apprenne à me battre pour pouvoir nous défendre, plus tard. Je reviendrai quand je serais prête. Il faut que tu rentres chez toi sans te retourner et vis ta vie, sans moi. Mon père va rester avec vous, il va t'apprendre tout ce qu'il sait et il pourra vous protéger en cas de nouvelle attaque.

— Léa, je ne peux pas te laisser partir, c'est trop dur.

Je l'observe, il pleure autant que moi. J'ai trop mal, je me penche vers son visage, lui essuie les larmes et l'embrasse doucement, puis plus passionnément. Nous nous allongeons sur le lit et nous restons un petit moment, comme cela, sans rien dire. Je perçois la présence de mon père derrière ma porte, je lui autorise l'accès et invite Nolan à rejoindre sa mère chez lui. Il se lève, m'embrasse une dernière fois et quitte la pièce sans un dernier regard dans ma direction. Je m'effondre au sol et pleure toutes les larmes de mon corps. Mon père se baisse et me caresse le dos en essayant de me rassurer. Il m'annonce l'arrivée imminente de Rose Celtic. Je fais voler mes valises jusqu'au rez-de-chaussée et les dépose à l'entrée. Je sors et cours vers le pré en criant son prénom. Je l'aperçois, qui court dans ma direction, je saute la barrière et pars à sa rencontre. Elle me parait mieux, elle a repris des forces et n'a aucune séquelle selon mon père. Elle hennit et frotte son museau à mon visage. Je suis si contente de la voir en pleine forme. Nous restons un moment comme cela à regarder dans le vide. Je l'embrasse sur son museau et la quitte pour rejoindre ma famille qui m'attend.

(photo prise par Mélissa Lebon)

Mes tantes et ma cousine sont prêtes à partir. Elles grimpent dans la berline, j'enlace mon père et lui tends une lettre que j'ai écrite pour Nolan. Je lui demande de lui donner seulement quand je serais loin. Il me fait signe de la tête que c'est ok pour lui et m'embrasse sur le front. Je ressens des fourmillements, Nolan est à sa fenêtre, il m'observe. Je perçois toute la colère qu'il ressent à mon égard, en ce moment. Il pense que je l'ai abandonné, ce qui n'est pas le cas, je l'aime et je ne veux pas qu'il meure à cause de moi. Je monte dans la voiture et le chauffeur démarre.

<u>REMERCIEMENTS</u>

Tout d'abord, je voudrais remercier ma famille qui me soutient dans tous mes projets. Surtout mon mari et mes enfants, à qui je dédie ce tome. Ils sont toujours là pour moi, à me donner des conseils, des idées et me booster quand je ne suis pas en forme. Je vous aime très fort.

Ensuite, je voudrais remercier mes bêtas lectrices, Sandrine et Juliette, pour leurs critiques constructives. Celles-ci m'ont permis d'améliorer mon histoire. Merci beaucoup à toutes les deux, je vous adore.

Je remercie Mélissa Lebon pour ses photos splendides sur les chevaux et pour la première de couverture qu'elle m'a créée.

Je remercie @Aki.relectricecorrectrice pour la correction, qui applique l'orthographe réformée, et la mise en page de mon livre.

Je remercie tous les chroniqueurs et chroniqueuses pour leurs retours constructifs car j'ai pu évoluer dans mes projets futurs, merci @melanie_wolf_book, @manonlabookeuse et tous les autres...

Et pour finir, je remercie tous mes lecteurs, qui ont, j'espère, partagé un bon moment avec Léa et Nolan.

Vous pouvez retrouver tous mes livres sur mon compte instagram @di_anna_auteure , mais aussi sur Amazon.

Auto-édité par Karine Garcia, à Sablons.

Auteur : Di Anna.

Instagram : @di_anna_auteure
Twitter : @DiAnna55246429

Achevé d'imprimer en mars 2020
ISBN : 978-2-9569046-3-2
Dépôt légal mars 2020

Photo et couverture :
Mélissa Lebon
de Le Péage De Roussillon.
Vous pouvez la contacter au 06.52.00.93.58.